メイ
「ウチはヴァンの言うことだけを聞く。
それでいいよね」
アウラ
「エスバル王国第一王女のアウラ・エスバルです。
私と一緒に魔族と戦いましょう。
自由と名誉を取り戻すために！」
ビスケ
「ビスケちゃん、いいこと考えた！
キャハハ☆」

世界最強の兵器
200年後に
目覚める
—物理無双で二度目の大英雄—
ケンノジ
Illustration東西

世界最強の兵器 200年後に目覚める

―物理無双で二度目の大英雄―

ケンノジ

Illustration 東西

目次

凱旋と休眠

エスバル王国軍の軍旗が門のむこうに見えると、王都は熱狂的な歓声に包まれた。

人間と魔族の戦いを終わらせた兵士たちが続々と帰還し、門を次々にくぐっていく。

王国軍先頭で馬に乗っているのは、大賢者クロイツ。

そして彼の後ろには、武功をほしいままにした七人の従者が控えていた。

大通りは人で溢れかえり、喝采は一層激しくなり、耳元で会話をしないと声が聞こえないほどだった。

重甲冑の騎士――ヴァンがヘルムをつけたまま大賢者クロイツに馬を並べる。

「すごい声援ですね、マスター」

「戦争が終わったのだ。みな浮かれているのだろう」

「まるで英雄扱いです」

ヴァンの間の抜けた発言に、クロイツが年季の入った顔に苦笑を浮かべる。

「我々は英雄だよ、紛れもなくな」

ヴァンを含む七人の従者は、大賢者クロイツが生み出した戦争を終わらせるための人造人間《ホムンクルス》だった。

その従者たちは前線に投入されると戦果を挙げ続け、人類軍に勝利をもたらした。

「剣聖様――！」

「ヴァン様！」

「剣聖様、お顔を見せてくださいませ！」

「剣聖ヴァン様――！」

通るたびに市民がヴァンにむかって声を投げかけてくる。

「フルフェイスのヘルムを被っているのに、どうして俺だと……」

「いつもそうしているのが、おまえだけだからだ」

クロイツが声を上げて笑うと「応えてやれ」とヴァンにむけて顎をしゃくった。

クロイツも名前が民衆から上がるたびに、手を軽く振っている。

ヴァンが腰に佩いた長剣を抜き放つ。切っ先を天にむけて突き上げた。

わっ、と民衆の熱が一気に弾け、今日一番の喝采が起こる。

「大英雄の剣聖様は、何も言わんのか。相変わらず愛想のない男だな」

「マスター。兵器に愛想は無用です」

戦争を終わらせるために生まれ、そして、その戦争は終わった。

自分の今後はおおよそ予想がつく。ヴァンは達成感より、ほんのわずかな寂しさのほうが勝っていた。

王城へのゆるい坂道を戦功めざましい人物たちと上っていき、ヴァンたち英雄一行は使用人の案内に従い謁見の間へ通された。

将軍や上級文官や大臣たちが壁際にずらりと並ぶ中、クロイツの背後でヴァンたち従者は、片膝をつき顔を伏せた。

「このたびの人魔戦争の勝利は、貴公らなくてはあり得なかった。余としても大変鼻が高い。クロイツよ、よくやってくれた」

玉座の王が手短な賛辞を贈ると、クロイツが答えた。

「よくやってくれたのは我が『子』たちです。私は彼らを統制したにすぎません。お褒めのお言葉は、彼らに」

「そうであったな。特に、剣聖と名高いヴァンという魔導人形《ナンバーズ》は、そなたであるか？」

フルフェイスのヘルムのままヴァンがうなずく。かちゃ、と無駄に音が鳴った。

隣の同じ従者である女、レオノールがヴァンを肘でつつく。

「ちょっと。オッサンの前で失礼でしょ」

「陛下をオッサン呼ばわりするおまえのほうが失礼だろう」

「そんなことどうでもいいでしょ。取りなさいよ、頭」

「どうでもいいとは思わんが。それに、頭は取れん」

わかるでしょ、とレオノールが無理やりヴァンのヘルムを奪った。

まだ幼さを残す少年の面立ちが晒され、謁見の間がどよめいた。

「まだ子供ではないか」

「剣聖ヴァンとは、これほど幼いのか」

「一騎当千、当万の剣聖が、まさか子供の容姿をしているとは……」

王がどよめきを遮るように声を室内に響かせる。

「数々の難局を単騎で打開したと聞く。余から最大の賛辞を贈りたい。それと……持って参れ」

指示を出すと、使用人が大層な布に包まれた剣を一振り運んできた。

王が鷲掴みにすると玉座を離れ、ひざまずくヴァンの下まで歩み寄った。

「そなたにこれを与えよう。宝剣『デ・コルドバ』だ。剣聖の名に負けぬ逸品であろう」

おぉ、とまた謁見の間がどよめいた。

「エスバル建国時に使われたという、あの剣か……！」

「王国に伝わる五宝のひとつだと云われるアレか――」

「あぁ、なんという至上の誉れか……」

ヴァンが顔を上げると、王がうむ、と大仰にうなずく。

だが、ヴァンはひょいひょいと手を振った。

「あ、いえ、結構です」

「「拒否すんな！」」

謁見の間にいた全員が同時に声を上げた。

隣のレオノールがヴァンの肩を激しく揺する。

「受け取んなさいよっ」

「拒否するやつがあるか！」

「いただけ！」

「陛下のお心遣いを無下にするな！」

室内にいる全員から集中攻撃を受けたヴァンは、脇に置いてある愛剣を触る。

「まだ十分使える」

「いや、そういう問題じゃないから」

レオノールから素早いツッコミが入る。

「ずっと鞘に納まったままなんだろう。たぶん使い物にならない」

「そういうこと言っちゃダメ！　ほら、オッサンがしょげちゃったじゃない」

王は威勢よく突き出した宝剣を、しょんぼりしながら見つめた。

「まあ、どうせ？　大した剣じゃないしぃ……」

「ほら、あんたのせいで、今にも石ころ蹴りそうよ！」

「陛下をオッサン呼ばわりするからだろう」

「そこじゃない！」

「そうは言うが、実用性は皆無に等しい上、もらっても置き場所に困る」

突き出したままやり場に困った剣を見て、ぽつんと王がつぶやいた。

「……まあね……困るよね、こんな御大層なものもらっても……」

「聞いたか、レオノール。陛下もそう仰ってる」

「あんたが大事な剣をディスるからでしょうが！」

陛下がんばれ。がんばれ、陛下！　の声がちらほら聞こえはじめた。

おほん、とクロイツが場を収めるべく咳ばらいをする。

「では、私が代わりに宝剣はいただいて……」

「いや、貴公に与えるのは違うだろ」

「はい……」

やり取りを聞いたヴァンは首を振った。

「マスターになんてことを言う」

「人のこと言えないでしょ」

空気読め。早く受け取れ。陛下が可哀想。といった種類の視線に耐えかねて、ヴァンは大人しく宝剣をもらっておいた。

温かい拍手が起き、王が玉座に帰っていく。

これがメインだったらしく、他の者たちに労いの言葉をかけたり褒賞を与えたりして論功行賞は終わった。

その晩から盛大な祝勝会が三日三晩と催され、王国全土は戦勝気分に大いに浸った。


終戦から一週間後の夜。

王城のヴァンの客室に、クロイツがやってきた。

クロイツは、黙り込んだままで何かを言う気配がない。

「言いにくい話ですか？」

「そうだな、言いにくい話だが、伝えねばならん」

ヴァンが切り出すのを機に、クロイツは話しはじめた。

「魔導兵器……おまえたちは、魔族との戦いに勝利するために私が作り出した魔力で動く人造人間だ。そして、戦争は終わり、人間を勝利に導くという使命をまっとうした。だが、その強大な武力ゆえに、争いの種になりかねんと判断されてしまってな……。半永久的に機能を停止、と七か国議会で結論が出てしまった」

「せっかく、平和になったのです。賢明な判断かと」

「有事の際は、また起きるか、こちらから起こすかもしれんが、徹底的に魔族を叩いたお陰でその心配は当分なさそうだな……」

ヴァン以外の六人の魔導兵器も、機能停止という判断が下ったそうだ。

覚悟はしていたため、動揺することはなかったが、指示を受けた生みの親であるクロイツは、無念そうに目をつむっている。

それを見て、ヴァンに思い残すことは何もなくなった。

「マスター、お願いします」

「よくぞ、よくぞ今まで共に戦ってくれたな、我が息子よ。生みの親として、誇りに思う」

握手をすると、ヴァンはクロイツに抱きしめられる。

それだけで、すべて報われたような気がした。

ヴァンがエネルギー源としている魔力を、クロイツが特殊な魔法を使い抜き出した。

肉体をかろうじて維持できる程度には魔力充塡と消費を繰り返すよう設定され、事実上の機能停止となった。

……こうして、無用となった兵器は、長い長い眠りについた。

人間と魔族、異なる種族が争い二〇年余り。

のちに第三次人魔戦争と呼ばれる戦乱は、大賢者クロイツが作り上げた人造人間——魔導兵器の活躍により、人間側の勝利で幕を下ろした。

これが二〇〇年続く平和のはじまりであり、統一暦元年の出来事であった。

——だが、強力な魔族の個体が現れ、二〇〇年続いた平和は瞬く間に崩れ去った。

再び起こった戦争で人間は魔族に敗れた。

世界の支配者が魔族に変わったことで、人間は、尊厳を奪われ家畜のように生きる運命となった。

人間が魔族の支配に甘んじ数年。

とある日を境に、その支配構造は揺らぎはじめる——。

近接特化型魔導兵器Type-VAN
魔力充塡中……魔力消費中……。

魔力充塡中……魔力消費中……。

魔族のものと思しき大量の魔力を空気中に確認――。
魔力充填中……魔力充填中……魔力充填中……。
魔力充填中……魔力充填中……魔力充填中……。
魔力充填中……魔力充填中……魔力充填中……。
――起動に足る魔力量を確認。
其ハ討魔ノ兵《つわもの》ナリ。
近接特化型魔導兵器Type-VAN　起動。
これは、魔族を殲滅《せんめつ》するためだけに生まれた、少年の容姿をした兵器の物語。

剣聖、覚醒

目が覚めると、狭い箱のような物の中にヴァンはいた。

記憶をさかのぼれば、最後に覚えていることは、マスターである大賢者クロイツに機能停止させられる寸前のことだけだった。

魔族特有の魔力を空気中に確認したため、また目を覚ますことになったらしいが、どうしてまた魔族の魔力を感じることができたのだろう。

「魔導兵器がほとんど倒したはずなのだが」

目の前にある蓋らしき壁にぽつりとつぶやく。

腕を組んで首をかしげていると、外から声が聞こえた。

「オラァ！　さっさと進めェ！　こんな地下室作ってやがったとは。ニンゲンどもがァ」

「し、知りません。このような場所があったなんて。さっき知って、あなたに報告したんです！」

魔族が付近にいる。

漂う魔力の気配ですぐにそれとわかった。あとは、人間の女だろう。

「言い訳はいい。魔族様に隠し事たァ、いい度胸だぜェ……！　一人くらい行方不明になっても、誰も咎めたりしねえだろうからな。ヒャーヒャヒャ！」

即刻、この箱から出ていき倒したいところだが、石材でできている蓋がビクともしない。

愛剣と下賜された宝剣が置いてあるが、どちらもつっかえてしまい鞘から抜くことができない。

室内で鬼ごっこがはじまったらしい。

魔族が頭の悪そうな笑い声を上げ、少女は悲鳴を上げた。

ばたばた、と走り回る二人の足音が聞こえる。

「おい、女！　聞こえるか！　この蓋を開けろ！」

「今、声が……？」

「なァァァに言ってやがるゥウウ」

ドガ、ゴォン、激しい物音がして短い少女の悲鳴が再び聞こえた。

鬼ごっこが激しくなる中、近くにやってくる気配があった。

「さっき、確か、ここらへんから声が――」

「ここだ！　出せ、早く！　このままでは死ぬぞ！」

「この棺――？　んッ、んんんんんん――ッ！」

力む声が聞こえ、ず、ずずず、と重そうな石の蓋がほんのすこしだけズレはじめた。

「ちゃんと逃げろやオラァァアアア！　オレ様がつまんねえだろうが!!」

わずかな隙間が見え、ヴァンはそこに手をかけ目いっぱい押した。どすん、と蓋が落ち完全に視界が開ける。

剣を手に、ヴァンは久しぶりに立ち上がった。

開けるのを手伝ってくれたのは、一五、六歳ほどの少女だった。

綺麗な青い瞳を、今は驚きで白黒させている。

「こんなところに、男の子……？」

「協力感謝する」

「え、あ、はい……」

「……なんだ、おまえ？」

魔族の風貌は、ヴァンの記憶通りだった。

後ろ側に伸びた尖った耳に、青い肌。口からは一本一本が鋭い乱杭歯《らんぐいば》。人を食《く》って魔力源とすることもある。

ぼりぼり、と何かを食《く》いながら魔族の男がじろりとヴァンを睨んでいた。

「こんなところにもニンゲンが。はぁー、なるほどなるほど。オレたち魔族から逃げて、こうして隠れてこそこそしてたワケかァ」

魔族は、革袋からおやつを取り出す。

薄暗くても何を食べているのかわかった。

人の指だ。

「相変わらず品のない連中だ」

眉を動かした魔族がプッ、と凄まじい速度で指を吐き出す。指の爪がヴァンの頬をかすめた。

「へえ。魔力を使って撃ち出した『弾』だってぇのに、よく見切ったな」

「誰にでもできると思うが」

へたりこんだままの少女がぼそっとつぶやく。

「普通できないですよ？」

「ヒャーハハ！　面白《おもしれ》ェ！　女の前に、クソガキ、テメェからだ。オレ様から逃げてみせろ！」

どうしてこの魔族は、魔導兵器を前にしてこうも頭の悪いセリフを吐けるのだろうか、とヴァンは不思議でならなかった。

「それはこっちのセリフだ。一〇秒やる……俺から逃げてみせろ」

「何言ってやがんだ。立場がわかってねぇみたいだな！　テメェたちはニンゲン。オレ様は魔族。魔力量も魔法の威力もテメェとは段違いの種族様だ」

話が通じないらしい。

「逃げないのであれば構わない」

「おいおいおい、どうするってんだ？　まさかとは思うが、その手にした剣でオレ様をやっちゃおうってのか？　ヒャッヒャッヒャ」

「そのつもりだが」

よっぽどおかしいらしく、魔族の男は腹を抱えた。

「世界の常識は変わってんだよ、剣は魔法には敵わない！　んなことも知らねえのか、テメェは！」

「世界の常識？　笑わせるな。それは、貴様の脳内の常識だろう」

「時代遅れの剣で？　魔族のオレ様を？　しかもニンゲンが？　傑作だぜ！　ヒャッヒャッヒャ！　だからテメェらはオレ様たち魔族にあっさり負けたんだろうがッ」

「貴様基準でいうところの……非常識を見せてやる」

「あぁッ！　かかってこいよ、ニンゲン風情がッ!!」

殺気立つと同時に、魔族の体内から膨大な魔力を察知した。水色の魔力がほとばしり、体から湯気のように立ち上っている。

「アイスニードル！」

魔法名を口に出すと、魔族の体の前に五本の大きな氷柱が現れる。

全氷柱の切っ先がヴァンへむく――その瞬間には、もうそこにヴァンの姿はなかった。

「――撃つまでのタメが長すぎる。だから容易に懐に入られる。『ニンゲン風情』にな」

「っ!?」

驚愕に魔族の男は目を見開く。

視界の端には、わずかにヴァンの姿が映っていた。

ゾゾゾゾ、と魔族の男に悪寒が走るが、ヴァンにしてみれば少し移動した程度。

魔族の男は構わず攻撃魔法を放った。

久しぶりにヴァンは剣を抜き放つ。

剣が薄暗い室内で踊り、全弾叩き斬り攻撃を完封した。

おそらく、剣を視界に捉えることはできなかっただろう。

その証拠に魔族の男は動揺し混乱している。

「今、何が……オレ様の魔法が」

「これが、貴様が強いと信じた魔族の魔法だ」

ヴァンが一歩近づくと魔族は怯えたように後ずさる。

「もう一度言う。一〇秒やる……俺から逃げてみせろ」

「テェえええぇンメぇぇエエエ――――！」

逆上し再び攻撃魔法を放とうとする魔族。

ヴァンはそれよりも何倍も速く、しかし余裕をもって剣の間合いに入った。

三度魔族の顔に驚愕が浮かんだ。何か言いたげな表情で、挑んだことをわずかに後悔していることすら、鮮明に見てとれる。

かつてその剣速は、閃光を凌駕すると評された。

「これが時代遅れの剣だ――存分に味わえ」

ヴァンの斬撃が魔族を襲う。

死んだことすらわからないような顔をする魔族。

すぐに頭の先から股の先まで体が左右に割れ、肉塊となった体がゆっくり倒れていった。

「美味かったか？　鉄の味は」

魔族だというからどれほどのものかと思えば、ずいぶんと拍子抜けだった。

剣聖、町へゆく

「あ。あの、ありがとうございました」

呆気に取られていた少女が、思い出したように立ち上がり、頭を下げた。

「構わない。魔族撃滅と人間の守護は、魔導兵器である俺の使命でもある。気にしないで欲しい」

「わたし、アウラと言います。どうして、棺の中にいたんですか?」

それは、こちらが質問したいくらいだった。

窓も何もなく埃だらけなところを見ると、どこかの地下室のようだった。

王城内の客室にいたはずだが、安置場所としてここまで運ばれたのだろう。

「俺はヴァンという。機能停止という処置をとられていた。棺に入れ容易に出られなくしていたんだろう」

「きのう、ていし?」

「そうだ。エスバル王国の大賢者、クロイツが作り出した魔導兵器と言えばわかるだろう?」

きょとん、とした顔のまま、アウラと名乗った少女は曖昧に笑った。

あまりピンときていないようだ。

大賢者クロイツという名や魔導兵器という単語に覚えはないのだろうか。

「ということは、ここはエスバル王国ではないのか？　気づいたらあの中にいて、俺も外の状況がわからない」

「ここは、旧エスバル王国領のルカンタの町です。正確には、町から離れた森にある小屋の地下です」

ほうほう、ルカンタ付近か、と聞いていたヴァンだったが、とある単語が引っ掛かった。

「旧、とはどういう意味だ」

「ええっと……七年前に魔族に攻め滅ぼされたのはご存じでしょう？」

今度はヴァンがきょとんとする番だった。

七年前といえば、まだ人魔戦争真っ最中だ。ヴァンの中では。

機能停止から復帰するまで、ずいぶんと時間が経ったのはわかる。

滅ぼしたはずの魔族が先ほどまで元気にふんぞり返っていたのだから。

つんつん、とヴァンは鞘で魔族の死体をつつく。

死後、自己再生はしないし、毒をまき散らすことも爆発することもない、ずいぶんと生ぬるい魔族だった。

弱すぎて、いまいち魔族と認める気にはなれないが。

「攻め滅ぼされた？　エスバル王国が？」

「はい。王国だけでなく、世界全土の国という国がそうなってしまったんです……」

「第三次大戦だ。俺たち魔導兵器が魔族を滅ぼした。その魔族が再び人間と戦ったというのか?」

「第三次人魔戦争は二〇〇年ちょっと前のことなのですけど……」

「にひゃ……くねん……」

言葉が続かなかった。

機能停止していた期間は二〇〇年にも及んだようだ。

にわかには信じがたい。

だが、滅ぼしたはずの魔族が現れたことが証拠でもある。一つの種が、滅び生まれるのには十分な時間といえる。

滅んだ種が何らかの条件を満たし、再び増加することも珍しくはないだろう。

話を聞いていくと、人間は魔族に完敗してしまい、虐殺こそは免れたものの奴隷のように支配される人種となってしまったようだ。

「俺が機能を停止している間に、そんなことが」

魔族が振りまく魔力を感知するのも当たり前だった。

人間の世ではなく、現代は魔族が支配する世界になっているのだから。

アウラという少女に続き、地下室を出ていく。

階段を上ると古小屋の中に出る。窓の外は木々の茂る森だった。

置いていた薬草の入ったカゴをアウラは手に持って、再びお礼を言った。

「今日は、本当にありがとうございました。あなたがいなければ、わたしはあの地下室で死んでいたと思います。何か、お礼を……」

「気遣いは無用だ。それよりも、町を見たい」

「けど、ここでこっそり暮らしていたほうが……わたし、誰にも言いませんから」

「暮らしていたわけではない。気づけばああなっていた。まさか、町にも魔族が？」

「あ、はい。常時見張りの魔族が数人……」

「道案内を頼む」

わかりました、とアウラが先に小屋を出ていき、ヴァンもついていった。

アウラは、薬草摘みに来ており、たまたま見慣れないあの小屋と地下に通じる階段を見つけたそうだ。それをきちんとあの魔族に報告したのに、ああなってしまったらしい。

「人間は、奴隷のように扱われていて、気分次第で魔族に殺されてしまいます……だから、なるべく怒らせないように、機嫌を損ねないように、魔族の顔色を窺ってビクビクしながら暮らしているんです」

それが敗戦以降の人間という種族の生き方なのだそうだ。

聞いているヴァンのほうが、辛くなるような話も多々あった。

「魔族にとって人間は、壊れてもいいし、食べてもいいオモチャみたいなものなんです」

「逃げ回ってみせろ、とさっきの魔族が言っていたな」

ヴァンの知っている魔族よりずいぶん知能が下がった気がするが、魔法や魔力において普通の人間が魔族に敵わないのは確かだった。

「見えましたよ、あれがわたしの住む町です」

指さしてにこやかに言ったが、すぐにアウラの表情が凍りついた。

太く黒い煙が町から出ている。

「何かを燃やしている、というよりは、燃えている、と言ったほうが正確か」

「い、急ぎましょう」


走り出したアウラを追いかけヴァンは町に入った。

ときどき肌を焼くような熱風が通り過ぎ、焦げたにおいがする。

火元となっているのは民家だった。

轟々と燃え、町民たちが水を汲んだ桶を運び、火を消そうと必死になっていた。

民家の前では、号泣している子供と呆然と家を見上げる主人らしき男、あとは顔を両手で覆っている婦人がいた。

ヒャァーハッハッハ！　と、耳障りな魔族の大きな笑い声が複数聞こえる。

四人の魔族が、町民たちが火を消そうとしている様を見て爆笑しているのだ。

気の毒そうに見ている町民の一人にアウラが訊いた。

「何があったんですか？」

「子供が曲がり角で魔族とぶつかったんだ。子供は二人だったんだが、一人はすぐに殺されてしまって……もう一人の子の家が……」

それ以上、町民は何も言わなかった。

「ひどい……！」

自分のことのようにアウラは怒り、唇をかみしめた。

怒りが一周し、目には涙さえ浮かべている。

「ニンゲンは、みんな仲が良《い》いんだろォ？　家がなくなっても住まわせてもらえばいいじゃねぇか！」

　その家の主人の肩を叩きながら魔族は笑って言う。同調するように、他の魔族たちが大声で笑った。

　拳を固く握ったアウラが魔族に近寄っていく。

「どうしてこんなことをするんですか！　そこまでする必要ないじゃないですか！」

　アウラ、アウラちゃん、と町民たちから窘めるような言葉が飛んだ。

　だが、アウラの耳には入らない。

「曲がり角でぶつかって、あなたは怪我をしたんですか⁉　お互いの不注意でしょう⁉　しかも相手は子供なのに――」

　アウラがしゃべればしゃべるほど、緊迫感が増していく。

　正しいことを魔族に語る、たったそれだけのことが、今のこの世界では十分罪になるのだろう。

　一人の男が、熱くなっているアウラの口を後ろから手で塞ぐ。それから、アウラが食ってかかった魔族に頭を下げた。

「……申し訳ない」

次の瞬間、男は殴られ数メートル吹き飛ばされた。

「シルバ！」

「女ァ。テメェもこの家みたいに燃やしてやろうかァ……！」

魔族たちのニヤけた面は変わらないまま。

ヴァンはアウラと魔族の間に割って入り、魔族に頼んだ。

「すまないが、水属性魔法で火を消してほしい」

「使うワケねえだろうが！　オレたちゃこの家で焚《た》き火してんだからよォ！」

「……なら貴様に用はない」

ヴァンは鞘から剣を抜き放つと同時に斬り上げる。

物理的に視界に捉えることのできない斬撃は、もはや攻撃ではなく現象と言えた。

斜めに切り離された魔族の上半身と下半身。バラバラに地面に倒れ、黒い血をまき散らした。

「な――何しやがんだ、テメェ!!」

驚きを怒りが上回った他の魔族たちが一斉に殺気立ち、攻撃魔法を使おうとする。

「体内での魔力変換率が悪い。顔も悪いし口もクサイ」

「それは関係ねえだろ!!　許さねえ。――フレイムバレット！」

「これが今の魔族の魔法か……」

ヴァンの知っている魔族の魔法と、現代では定義が違うのかもしれない。

そう思うほど、発動が遅い。

「先ほどのヤツもそうだが、最近の魔族はわざわざ魔法名を口にして攻撃するのか？　なんとも幼稚な……」

「黙れェ！」

体内で魔力を消費させると魔族が炎弾を放った。

ヴァンは渾身の一発を、面倒くさそうに剣でひょい、と払ってかき消した。

「な――!?　魔族の魔法を、人間風情が!!」

「人間なら、普通この程度はできるが」

遠巻きに見ていた町民全員が首を振った。

「できないけど」

「できるわけねえだろ」

「あんた何者だよ」

再びフレイムバレットを撃とうとする魔族。

「あれがフレイムバレットか。本来はもっと速いしもっと熱い」

ヴァンは小言を言って、一瞬で間合いを詰め肩口から一気に斬り下げる。

ギャ、と短い悲鳴を上げ魔族が即絶命した。

絶命したそいつの襟首をつかみ盾としながら、魔法を撃とうとする二人目に近寄り、盾ごと剣で貫く。

背後からの気配――。

振り向きざまに剣を一閃させる。

三人目の魔族の頭が、首から離れ地面に転がった。

血に濡れた剣を振り鞘に納め、魔族たちの様子をうかがう。

自己再生等の足掻きはしないらしい。

最近の魔族は、ずいぶんとぬるくなっていた。

時間が止まったように呆然とヴァンの行動を見ていた町民たちが、わっと沸いた。

「魔族四人をあんなに容易く……」

「兄ちゃん何者だよ」

「剣を使ったのか？　全然見えなかったぞ……」

質問に答える前に、ヴァンは消火活動にあたっていた町民たちをまだ燃え盛っている家から遠ざけた。

「吹き飛ばないように、伏せておいてほしい」

みんなわけがわからない、という顔をしたが、言う通りに道端に伏せた。

ヴァンは再び剣を抜き、上段に構えて振り下ろす。

衝撃波が町中を駆け抜け、凄まじい風圧で炎が消し飛んだ。

おそるおそる頭を上げた町民たちが一斉にどよめき、歓声が上がった。

「水の無駄遣いはよくない」

「「気になったのそこかよ」」

数人から突っ込まれ、笑いが起きた。

剣聖と姫

先ほど魔族に殴り飛ばされた、シルバという男の家にヴァンは案内された。

シルバは、この町の長《おさ》でみんなをまとめているそうだ。

テーブルの席に着くと、改めてお礼を言われた。

「さっきは助かった。ありがとう」

「ヴァンさんっていうんです。すごいでしょー？」

ヴァンの隣に座るアウラが、なぜか得意そうに話しはじめた。

「わたしが森の小屋で魔族に襲われているところも助けてくれたんです」

「ということは、警備……もとい私たちを監視に来ている魔族全員を倒した、ということか」

ヴァンが見たところ、シルバは年は三〇代後半くらい。体格もいい。歩き方、筋肉の付き方がまさしく武芸をやっている者のそれだ。

「交替の魔族が来るまでにまだ一日ほど時間がある。死体は処理するとして……」

どう言いわけするかシルバが悩んでいると、アウラが口を出した。

「シルバ。わたし、今日の出来事で決心がつきました。機嫌をひとつ損ねれば、わたしたちは虫けらのように彼らに殺されてしまいます……。魔族の目に怯えてこれからもずっと死ぬまで暮らしていく必要はありません。町長さんだって、それで亡くなったじゃないですか」

「アウラ様……」

「今日殺されてしまったのは、まだ幼い子供です。死なないにしても、遊びや余興のように我が家を燃やされるんです。わたしは、もう……」

重い空気のまま、無言が続くと、数人がシルバの家へやってきた。

いずれも先ほど現場にいた者たちで、老若男女、様々な顔ぶれで、決意を秘めた表情をしていた。

「シルバさん、もう我慢ならねえ。これはいい機会だってみんなと話したんだ」

中年の男が、後ろに控える老人、婦人、若い男女たちの言葉を代弁すると、みんながうなずく。

「子供がちょっとしたことで殺されるような世の中に、未練などないわい……」

「そうよ、もう十分に私たちは耐えたわ」

「監視され続けて、奴隷みたいに働かされて死んでいくんならいっそ――！」

「お気持ちはわかりました。十分わかりましたから、落ち着いてください」

シルバがなだめるものの、住民たちの怒りは収まりそうにない。

「こんなに強ぇ兄ちゃんがいるんだ。アレを実行に移そう、シルバさん」

「待ってください。もう少し冷静になりましょう」

どうにか言葉を尽くし、シルバがお引き取り願うと、住民たちは帰っていった。

ヴァンのむかいにシルバが再び座り、深いため息をついた。

「町長も大変だな」

「ああ。誰よりも慎重でなくてはならない」

「だが、慎重に過ぎれば機を逸することもある」

そうだな、とこぼしたシルバは、また大きく息をついた。

「シルバ、『アレを実行に移そう』というのは、何のことですか？」

「アレというのは武装蜂起のことです。少々物騒な話だったので、アウラ様にはお話しはしておりませんでした。少しずつ計画していたものです」

武装といっても大した武器はなく、農具を武器として使うつもりだったようだ。

「もしわたしのことが気がかりなら、気にしないでください。覚悟は、あの日からとっくにできています」

「アウラ様……。アウラ・エスバル姫、死ぬよりも辛い戦いになるというお覚悟はございますか？」

はっきりとアウラはうなずいた。

「もちろんです」

「エスバル？　姫？」

エスバル王国のことを訊いたときに、アウラは七年前に滅ぼされたといった。国名と同じ名を冠す上、シルバがはっきりと姫と口にした。

「あ、ごめんなさい、ヴァンさん。隠すつもりはなかったのですけれど」

「この方は、今は亡きエスバル王国の第一王女であらせられる」

七年前、王城が攻め落とされるとき、どうにかシルバ他十数名の騎士に護衛されこの町に逃げ延びたそうだ。それが一〇歳のときのことらしい。

以来身分を隠し、この田舎町でひっそりと暮らしていたとのことだ。

「なるほど。亡国のラストプリンセスというわけか。それなら、これは君が持つほうがいい」

大昔に受け取った、あの御大層な宝剣をヴァンはアウラに渡した。

積もっていた埃を払うと、アウラもそれに気づいた。

「これは……エスバル五宝のひとつ、『デ・コルドバ』……どうしてヴァンさんが」

「『少し前』に武勲を称えられ下賜された物だ。要らないと言ったんだが」

「王城にあった物はすべて破壊されたか、奪われたと聞きました……あなたが持っていてくださって、本当によかったです……」

涙ぐんだアウラは、鼻をすすって涙を人差し指ですくった。

「これは、ヴァンさんが王から与えられた物です。持っていてください。『デ・コルドバ』は、その昔、エスバル建国時に使われた剣だと聞かされました。もし叶うのであれば、わたしにあなたの力を貸していただくことはできませんか？」

「無論。元より俺の使命は魔族撃滅と人民を助けることにある。言わなければ申し出るところだった」

ぱあ、とアウラの表情が明るくなり、ヴァンと握手した。

「ありがとうございます、ヴァンさん！」

「これからは『さん』は無用だ。ヴァンと呼んで欲しい。クロイツ配下の魔導兵器であるということは、王国の兵器であることと同義。これからは、アウラ、君が俺の主だ」

「あ、主だなんて、そんな……わたし、照れてしまいます……っ」

頰を染めて、アウラが両手で顔を覆ってしまった。

ヴァンはシルバに目をやり、アウラを小さく指さしながら、『何コレ。何が恥ずかしいの？』と目で訊いた。

シルバは首を細かに振った。『わからんが、そこには触れるな』

こくこく、とヴァンはうなずく。『了解した』

「シルバ、アウラの心はもう決まっているらしい」

「の、ようだな。……アウラ様、これより進む道は長く辛く何よりも険しい道です。お覚悟なさいませ」

「はい。これは、昨日今日考えていたことではありません。今日の出来事がきっかけを与えてくれたんです」

それから、三人は今後のことを綿密に話し合った。

計画していただけあって、話はスムーズに進んだ。

「当面は、ルカンタの町を完全に魔族の手から独立させること。これを第一にし、なおかつ継続させるのが最重要課題だろう」

「心配には及ばない。この町の規模なら俺一人でいくらでも防衛できる」

シルバとアウラが顔を見合わせ、ふっと笑みをこぼした。

「何かおかしかったか?」

「いえ。ごめんなさい。その、本当に頼もしいんですね、ヴァンは」

「ああ。王国全土を探しても、そんなことをあっさり言ってのける男はいないだろう」

「魔族撃滅を使命とした兵器だ。俺ができるのは、それだけだ」

防衛力の強化、定期的な物資の仕入れなど、決めることや確認することが山のようにあった。

シルバの作った食事を食べながら、話し合いは深夜に及んだ。

「俺は、活動限界時間は四〇〇時間だ。睡眠はまだ不要なのだが」

「ダメです! 休むときにきちんと休んでおかないと――って、四〇〇時間って何時間ですか!?」

「四〇〇時間は四〇〇時間だ」

魔導兵器は、大気中にある魔力の元――マナを取り込み、それを体内で魔力へ変換する。それを消費することで動力を得ている。

ヴァンの場合、魔力は動力源でしかないため、魔法での攻撃防御を行う他の魔導兵器よりも段違いに燃費がよかった。

食事を取ることも、魔力を増やすことのできる行動のひとつだった。食事からエネルギー補給し、それを魔力へ変換するのは人間と同じだ。

人間でいう睡眠が、魔導兵器でいう休止中であり、そのときは自動的に魔力充填中となる。

「と。ともかく、ヴァンは泊まってください!」

「アウラがここの家主ではないだろうに。何を勝手なことを……」

家主だろうシルバを見ると苦笑していた。

「恐れ多いことに、今は一緒にアウラ様と暮らしてるんだ」

「お客さん用のベッドがありますから、さあ、早く早くっ」

楽しげにアウラがヴァンの手をとって、奥の部屋へと連れていく。

入ったそこは、ベッドが二つだけある簡素な部屋だった。

「警備の魔族が来たらどうする気だ」

「来るのはいつもお昼すぎですから」

にこにこ、と話しているアウラだったが、部屋を中々出ていかない。

ヴァンはその手が震えていることに気づいた。

不安で押し潰されそうになっているのだろう。

「わたし……」

「人の命を背負う決断は、誰にでもできることではない。アウラは、王の血を引く立派な王族だ。堂々としていればいい。現れる魔族は俺が一掃する。安心してほしい」

ふわり、とアウラがヴァンに体を預け、腕をヴァンの背に回した。

「ごめんなさい、少しこうしていてください」

「構わない」

落ち着いたのか、ヴァンから離れたアウラは扉から頭を出した。

「シルバ！　今日はわたし、ヴァンと同じ部屋で眠ります」

「な――なりません！　アウラ様、間違いが起きたら――」

「ベッドは別です、もう決めましたからっ」

バタン、とアウラが扉を閉めると、どんどん、とシルバが扉を叩いた。

「アウラ様ぁあああぁ！　なりませんぞぉおおお！」

案外じゃじゃ馬姫なのかもしれない。

外で喚くシルバをよそに、アウラはヴァンを見て舌を少し出していたずらっぽく笑んだ。

「ヴァンンンンンンン！　姫様を相手に『致す』ようなことがあれば、私は貴様を許さん！」

「……致すとは、なんだ」

「さあ？　シルバ、致すとは何ですー？」

「カマトトぶってぇえええええ」

よっぽどおかしかったらしく、アウラは声を出して笑った。


翌早朝。

王族の仰々しいドレスにアウラは身を包んだ。

王城から持ち出した数少ない品のひとつで、母の遺品となってしまった物だとヴァンはアウラから教えてもらった。

町の広場に町民全員を集めて、アウラは自分のことを語った。

アウラが王女だというのは、あっさりと信じてもらえた。町にやってきたときから、やんごとなき身分のお嬢様だというのは、大人はみんな察していたそうだ。

物陰で様子を見ているつもりだったヴァンだが、アウラにそばにいて、と言われ、今は後ろで彼女の演説を見守っている。

そして、アウラは、昨日決めたことを伝えた。

「我々は人間です。奴隷でもなければ家畜でもない。人間であるため、そして何よりも自由のために魔族と戦うと決めました。……強制はしません。納得いかない方は、十分な食料と路銀を渡しますので、申し出てください」

誰も微動だにしなかった。

「わたしは、この選択に後悔はありません。――みなさんの力を貸してください。わたしたちの自由と名誉を取り戻しましょう！」

「「「おぉおおおおお――ッ！」」」

アウラの後ろに同じように控えていたシルバも、ヴァンも、集まった老若男女も、誰もが拳を突き上げ、決意を空に響かせた。

この日、田舎町で行われた亡国の姫の演説は、五〇年後『ルカンタの決起』と名がつき、歴史的出来事として語られることとなるのだった。

剣聖と武器集め

交替にやってきた見張りの魔族たち五人は、アウラの言った通り昼過ぎに町へとやってきた。

もっとも、町に入るまでもなく、遠目で彼らを捕捉したヴァンが瞬殺。

魔族たちは、豚のエサへと早変わりした。

返り血すら浴びていないヴァンが帰ってくると、町民たちが緊張した面持ちで出迎えた。

「兄ちゃん、どうだった？」

「あっちにまとめて置いてある。家畜のエサにするといい。見ていて気分のいい物ではないから、見ないことをおすすめする」

おぉ、と感嘆の声を上げた町民たちは、手をとり喜びあった。

人々の喜ぶ姿は、大賢者クロイツが製作時に植えつけた使命感のせいか、見ているだけで達成感を覚えてしまう。

「ヴァン、お疲れ様です」

「ん。五人まとめてだったが、造作もなかった。あのレベルで自らを魔族と名乗るのは、他の魔族の迷惑ですらあると思うが」

あはは、とアウラが困ったように笑う。

「相変わらず、ヴァンは魔族に厳しいのですね」

「きっと、本物を知っているからだろう」

「彼らは一応、ニセモノではないのですけれど……」

今のところ目にした魔族は、ヴァンの基準では魔族もどきといったところだった。

ただ、人間に取る横柄な態度や考え方は魔族のそれであるため、鬱憤を晴らしてくれる試し切り用の肉に近い。

シルバが待つ家へとアウラと戻ると、老人と中年、合わせて四人がやってきていた。四人とも昨日ここへやってきた者だ。

「あぁ、王女殿下」

「や、やめてください。わたしは、何もできない小娘なので……いつも通り接してください」

席から立ち上がった男たちを見て、アウラが恐縮している。

「それで、シルバ。話はまとまりましたか?」

「ええ。物資に関しては行商人がこれまでのように運んでくれます。魔族のいない町だというのは、金を積んで口を割らないようにさせます。魔族に知られれば事ですから」

うん、と真面目な顔つきでアウラがうなずいた。

「わたしの出番です……た、貯めに貯めたお小遣いをここで……!」

「アウラ、いくらあるのかは知らないが、小遣い程度では商人は買収できないだろう」

「ご、五万リンですよ！　大金です、これだけあれば」

「五万程度、それこそ商人には小遣いの足しにしかならないと思うが」

「う、うぐ……。やはり、シルバが言った通り、お菓子を我慢して無駄遣いを避けていれば……」

そういう意味じゃなかったんですがね、とぼそっとシルバが言って苦笑する。

他の男たちは娘や孫を見るかのように、アウラに癒されていた。

行商人から物資を買い込むため、町民は今まで通りの仕事をしてくれるだけで、生活できるそうだ。

現在は、反乱防止のため武器の売買はどの町でも禁止されていた。他所の町で買い付けることはできない。

関所を通るときに武器を運んでいないか、魔族たちに確認されるので、武器を運搬することもできなかった。

戦闘能力は雑魚のくせに、そういうところは意外ときちんとしているのだな、とほんの少しヴァンは感心した。

「だから、私も部下たちもそうだが、槍や弓が手元にない状態なのだ。私たちは王城警護を任された騎士。有事の際は、君ほどではないが役に立てる」

「ん。武芸の心得のある者がいるのであれば、武器は持っておいたほうがいいだろう」

ではは武器はどこにあるのか、という話になり、中年の男が机に広げられた近隣の地図を指さした。

「魔族どもが従えているゴブリンの巣が、ここから西の森にある。人間から取り上げたり奪ったりした武器を装備してるって話だ。巣の奥にまだまだ隠してるんじゃねえかな」

低能なゴブリンには、町を見張るなんて複雑なことはできないから、魔族は自分たちで町を見張っていたのだろう。

場所は、アウラと出会ったあの森だった。

「よし。それなら俺が行こう、巣に武器がなくても、倒したゴブリンから奪えばいい」

「待て待て。ヴァンがいれば戦いでは困らないだろうが、大量の武器はどう運ぶ？　人手がいるだろう」

「なら、手配を頼む。俺は戦うだけだ」

「私が部下数名を連れて行こう。ただ武器を得るまでは戦えないことを覚えておいてくれ」

「わ、わたしは、何をすれば……」

アウラもさすがに、ついて行くとは言えなかったようだった。

「アウラ様は、町の皆に声をかけてあげてください。それだけで、安心できます」

「ん。シルバの言う通りだ。姫様《アウラ》が笑顔でいるだけで町の雰囲気はずいぶん良くなるはずだ」

「笑顔ですね……がんばります……！」

アウラの人柄なのか、それとも単純に男たちの父性がそうさせているのか、気合を入れるアウラを見て男たちは和んでいた。

準備が整い、シルバと彼の部下四人とともにヴァンは町を発った。

交替して戻ってくるはずの魔族が戻ってこない、と気づかれるまで、まだ少し時間があるため、町を留守にしても問題ないだろうと判断した。

ヴァンを先頭にし、最後尾は農作業用の荷車として、森を進んでいく。

「最近の魔族は、武器を使わないのか？」

以前は、人間以上に上手く扱った。魔力を無駄なくまとわせ、通常の何倍もの威力を発揮させていた。近接戦闘が得意な魔族はそうやって、軍団の先頭で突っ込んできたものだ。

「使うヤツもいるが、滅多にはいない。魔族の本領は魔法にあると考えるヤツが多いようだ」

「剣を時代遅れの武器だと思っているからか」

「そうして我々に勝利したからだろう」

間違いではないが、その魔法のレベルも高が知れている。ということは、現代の魔法はアレ以下なのだろう。

なんだか少し、悲しくなった。

森を奥へと進んでいくと、武器を手にしたゴブリンが飛び出してくるようになった。

「ギャギャ――」

その瞬間には、ヴァンが左右に切り裂いてしまっているので、後ろの元騎士たちが淡々と武器を回収していく。使えそうなら装備していき、他の武器は荷車にどんどん放り込んでいった。

何度もそうしていると、ぼそっと後ろから会話が聞こえてくる。

「安心感がすごいですね、隊長」

「ああ。ヴァンがいると、この森もまったく怖くないな……」

ゴブリン相手に何を言っているのか、と思っていると、現れたゴブリンへの対応がほんの少し遅れた。

「ハァッ」

短い気合とともに、シルバが槍で刺突する。穂先がゴブリンの緑色の体を貫いた。

腕前を見せたシルバが、にやりとヴァンを見る。

やれやれ、とヴァンは首を振った。

「その程度の突き……敵が俺なら、おまえは確実に死んでいた」

「安心してくれ。そんな規格外の敵は想定していない」

騎士たちが装備したのは全員が槍だった。正面以外で現れる敵も、彼らが処理していき、ますます武器は増えていった。

集まったのは、剣が二〇、槍が三〇、弓が一〇といったところだ。

「シルバ、どうする。今のところは十分の量だと思うが」

「武器は消耗品だ。あるに越したことはない。それに、武器の在処《ありか》を摑んでいる上、今はヴァンがいてくれる。安全に武器を大量に回収できるチャンスだ」

シルバの判断はもっともなものだったので、さらに奥へと歩いていく。

シルバの部下たちは、王都から逃げ延びたあとは農夫をしたり大工をしたり、別の仕事をしていて、アウラも、魔族たちに決められた量の薬草を納めていたとのことで、なかなか苦労したそうだ。

両脇に木々が生い茂る道を進み続けると、「ギャ、ギャギャ」という鳴き声が大きくなっていった。開けた場所に出ると、あたり一面ゴブリンだらけ。物音のしたこちらを一斉ににらんだ。

「こうも集まると、ただただ気持ち悪いな」

その最奥で巨大なゴブリンが座っている。その時点ですでに人間より大きく、立ち上がれば人間の三倍は身長があるだろう。

「た、隊長、あれは、キングゴブリンじゃ……」

「ああ、間違いなくそうだ」

だが、やはり武器を集めていたのか、それとも魔族から与えられたのか、質の良さそうな武器が大量においてあった。

「ん。最近のゴブリンは、発育がいいな」

「ヴァン殿、あれはキングゴブリンという種で……発育どうこうという話では……」

ギャギャギャギャギャ――！　と槍や剣を構えた武装ゴブリンが一斉にヴァンたちを襲ってくる。

「来たぞ、構えろ。ゴブリンごときに遅れをとるな！」

「シルバ、雑魚を任せる」

「了解した。君は？」

「発育のいいゴブリンを叩く」

叩く？　叩くってなんだ？　と疑問の視線を振り切って、ヴァンは邪魔な武装ゴブリンを斬りまくり道を作る。

立ち上がり巨剣を持ったキングゴブリンが臨戦態勢に入った。

「ギャァアアアアアアアアゴォオオオオオ！」

雄たけびに、森がビリビリと震えた。

それでひるむと思っていたらしいが、ヴァンはそんなことは一切気にせず、ジャンプする。

ベシコーン、と肉厚の頬を手のひらで力の限り叩いた。

「「「えぇぇぇビンタ!?　なぜに!?」」」

顔が吹き飛ばんばかりに首が捻れたキングゴブリンは、宙を舞うと、錐もみしながら落ちていき地面に倒れた。

それを見ていた武装ゴブリンたちは例外なく、武器を捨てて一斉に逃げ出した。

こうして、大量の武器回収に成功するのであった。

剣聖と焼肉

武器のすべてを荷車に収容した頃、ヴァンはきちんとキングゴブリンの息の根を止めた。

「この発育のいいゴブリンを持って帰る」

「持って帰る!?」

シルバが何度も瞬きをする。

「そうだ。引きずるが、俺に構わず先に行ってくれ」

「持って帰って、どうする気なんだ」

「食う」

「「食う!?」」

「ああ。これだけ発育がいいと、町の者は全員ありつける量になるだろう」

「ヴァン殿、発育のいいゴブリンでなくキングゴブリンという種で、発育がいいというわけでは……」

「この世には、二種類の魔物がいる。食える魔物とそうでない魔物だ」

「「…………」」

だからどうした、と言いたげな騎士たちを横目に、ヴァンは「結構美味いぞ」、と足首を持って引きずりながら来た道を帰っていく。

「通常のサイズだと、骨や筋ばかりであまり食えた物ではないが、これだけ大きいと食用の肉として十分期待できる」

「本当に美味いのか？」

「むしろ、食ったことがないほうが驚きだ。戦場で何を食って飢えを凌いでいたんだ？」

「パンとスープだが……？」

「そんな物が食える戦場は戦場とは呼ばん」

はあ、と曖昧に返事をする騎士たち。

敗戦した戦争はわずか三年で降伏したという。だから、食料や物資が底を突くほど戦わなかったのかもしれない。

「魔王軍の先鋒がゴブリン隊だったとき、兵たちは大喜びしたものだ。食料がやってくる、とな」

やはりピンと来ないらしく、騎士たちの反応はイマイチだった。

町に『食料』を持って帰ると、大騒ぎになったことは言うまでもないだろう。

「な、ななな、なんですか、これはっ！」

アウラが目を白黒しながらあうあう、と口を動かしている。

「アウラ、これは食える魔物だ。心配しないでほしい」

「た、食べられるのです……？」

確認するようにアウラがシルバを見ると、ぶんぶんと首を振った。

「アウラ様、なりませぬぞ。お腹を壊してしまいます」

「過保護な男だ」

「あいにく、アウラ様をお守りするのが使命でな」

当のお姫様は、ゴブリンに興味津々のようだった。

「これをどう調理するのです?」

「厚い皮を剝いで焼く。すると、癖もクサミもない肉になる。味は、鶏肉に近い」

「と、鶏肉……」

ごくり、とアウラが喉を鳴らした。

「余れば燻製にして、日持ちするようにしよう」

「く、燻製……」

ちろり、とアウラが唇を舐めた。考えていることが表情や仕草にすぐに出てしまうタチらしい。

「わ、わたしも手伝います!」

「ゴブリンは俺が捌く。アウラは、切り分けた肉を調理してくれ」

「わかりました!」

その間に、シルバは自分の元部下全員を集め、武器を渡していった。

他にも、戦えそうな町民は武器を持たせることにし、明日から訓練を開始するそうだ。

人のいないところに行き、ヴァンは手早くゴブリンを解体していく。

各部位に分けて整理していくと、山のような肉塊が出来上がった。

アウラは、町の広場でバーベキューの準備を他のご婦人たちとしており、ヴァンがそこへ肉を持っていき、さっそく焼いていった。

肉の焼ける音がして、べっとりとした脂のいいにおいがすぐに漂ってきた。

においに釣られて、ほかの住民たちも集まってくる。

「アウラ。食べられるぞ」

目を輝かせながら待っているアウラの皿に、焼けた一切れをのせてやる。

「ありがとうございます。では。いただきます……」

フォークで刺してぱくりと食べると、満足そうなほくほく顔をした。

「あぁぁぁあん、美味しいですぅぅぅ……」

その反応を見るや、住民たちが肉へ殺到し、次々に肉を食べていった。

「美味っ!?」

「え。うそ、美味しい……」

「ゴブリンうめぇぇええええ!?」

何だかんだで、食べる前は難色気味だったシルバも、今となっては普通に食べている。

ルカンタの町で、『ゴブリンは食料』と認識された瞬間だった。

うんうん、とヴァンは満足げにうなずく。

「ゴブリン侮るなかれ」

「今度わたし、森に入ったらゴブリン捕まえてきますねっ」

もりもり食べているアウラは、かなり気に入ったらしい。

「アウラ様、あまり食べ過ぎては……翌日、ひどく後悔されるのでは……？」

「いいんです♪　お肉は別腹なんです♪」

と、なかなかに上機嫌だった。

ヴァンが別の部位を食べていると、アウラがそれにも興味を持ちはじめた。

「ヴァンが食べているのもゴブリンですか？　他の物より硬そうですね？」

「肉ではあるが、少々弾力があって食べ応えもある」

一切れ差し出すと、そのままアウラが口で受け取って、もぐもぐと食べた。

「アウラ様、はしたないですよ」

「いいんです、ちょっとくらい。うん、これも美味しいです。なんなんです、これ」

「ゴブリンの心臓だ」

「え」

「心臓」

「……」

「ゴブリンの、心臓」

「え……し……ゴ……え？」

ヴァンはアウラの胸元を指さして、改めて言ってやった。

「今、アウラの胸の中でドキンドキンと動いているそれだ」

フォークと皿をぽとりと落とし、くるん、とアウラの青い瞳が裏返り白目を剝く。

仰向けに倒れそうなところをヴァンが支えた。

「アウラ様ぁあああああああ!?　おい、ヴァン！　貴様、アウラ様に何を食べさせた！」

「心臓だと何度言わせる気だ。美味いと本人も言っただろう？」

腕の中で気絶しているアウラを見つめて、ぽつりとヴァンはこぼした。

「……失神するほど美味かったのか」

「違うわっ!!」

ヴァンはアウラにしたようにシルバの皿にも一切れのせた。

「食ってみろ、美味いぞ」

「く……ッ！　プリプリの食感で、美味い……！」

「これは肝臓だ」

「く、こちらも悪魔的な美味さ……！」

「次のこれは、舌を薄く切って炙ったものだ」

「私は、こんな食い物が森に転がっていたことを今まで知らなかったのか……！」

シルバが悟ったような顔をした。

「ヴァン……ゴブリンとは、食料なのだな」

「わかってもらえたようで何よりだ」

ゴブリンの内臓《ホルモン》にハマったシルバは、最終的にずっとそればかり食べていた。

こうして、町を巻き込んだゴブリン肉のバーベキューは、大盛況のまま幕を閉じた。

ようやく目が覚めたアウラとともに、シルバの家へと帰る。

「あんなに美味しい物がこの世にあるなんて、わたし、びっくりです！」

「心臓も美味かっただろう？」

「心臓？　なんですか、それ」

アウラが聖女のような笑顔で首をかしげた。

「いやぁ、あれは美味かった。アウラ様もひと口食べたではないですか。ゴブリンの心臓ですよ」

「心臓？　なんですか、それ」

アウラが聖女のような笑顔で首をかしげた。

ヴァンとシルバは目を合わせ、うなずき合う。

もうこの件には触れないようにした。

聞けば、食用の肉は、今やほとんど食べられず、育てた牛や豚、鶏は、ほとんど魔族によって消費されているらしい。

また大きなゴブリンを見かければ持って帰ろうとヴァンは思った。

翌朝は、アウラの叫び声が家中にこだました。

心配になってアウラの部屋まで行くと、扉の前でシルバがしゃべっていた。

「アウラ様、お肉は別腹です、とるんるん気分で言っていたじゃないですか。私は制止したんですよ。後悔しませんか、と」

「ヴァンには、このことは、内緒にしてくださぃ……」

もう扉のところまで来ていたので、内緒も何も、会話はすべて丸聞こえだ。

目で、どうかしたのかと訊いてみると、こっそりシルバがアウラの状態を解説してくれた。

「アウラ様は、どうやらドレスが少々キツくなられたそうだ」

「ん。成長はいいことだ」

「いや、そうなのだが、不本意な成長というべきか……」

そうか、とヴァンはすべてを察し、扉のむこうにいるアウラに尋ねた。

「アウラ、太ったのか？」

「ストレートに言わないでくださいっ。乙女になんてこと言うんですかっ」

「ただの事実確認だ」

「なんて残酷なことをするんですかっ！」

こうして、騒がしく一日がスタートした。

「わたし、シルバの武術訓練に参加します。わたしも武器が扱えたほうがいいと思うので」

そうです、そうですよ、と自分の意見を何度もアウラは肯定した。

ダイエット目的なのは、ヴァンにもシルバにもバレバレなのだった。

剣聖と魔騎士

ルカンタの決起から二日――。

中級魔族・ジョンテレは焦っていた。

上司である魔貴族のエウベロアに与えられた邸宅の執務室で、あっちをウロウロ、こっちをウロウロと歩き回っている。

「まずい、非常にまずいぞ。ビスケよ」

「何がまずいってーのよー?」

ジョンテレの肩に乗った黒い羽を持つ小さな妖精が、首をかしげている。

「ルカンタに派遣している警備兵の下級魔族どもが戻らぬのだ、合わせて一〇人だ!」

「耳元で大声出さないでってばー。どうせ、サボってんでしょー。いつも心配し過ぎなのよー」

「何かあれば! ワタシが失態を犯したとなればエウベロア様に消されてしまう! ま、また送るか、下級を……いや……あぁぁ……クソ、戻ってくるのならさっさと戻ってくればいいものを!」

ルカンタの町からほど近い小都市、ルシージャス。

警備兵という名の見張りをここから派遣すれば、馬で一時間の距離だった。

「もぉー落ち着きなさいよー。これだから童貞はー」

「童貞ではない!! な、何か知恵を……ビスケよ、何かいい手は……」

「んっとねー。デートに誘うでしょー、いい雰囲気になるでしょー、そのあとは強引に押し倒すのー」

「そうそう、そうすればワタシも童貞卒業――違ぁあああああう!」

「うるさいなーもぉー。自分で見にいけばいいじゃなーい」

「これは下級の仕事である!! 町と村を三つも管理する、ワタシの仕事ではないのだ! 三つもだ、三つも!」

「わかった、わかったからー」

「何かあれば上司であるワタシに報告するし、気に食わなければ殺してもいいと命じてある」

「サボりじゃなかったらさー。ニンゲンにやられちゃったんじゃなーい?」

「馬鹿な……あり得ない。下級とはいえ魔族だぞ。ニンゲンも、魔族に危害を加えれば制裁されることは知っているはずだ」

「じゃ、どうして帰ってこないのー? ルカンタってば、すぐそこじゃん。今までちゃんとやってたんでしょー? あ、ビスケちゃん、いいこと考えたっ☆」

「な、なんだ」

「魔騎士レガスを送り込んじゃえばいいのよー」

「エウベロア軍最強の『槍』をか。しかし、彼奴《きゃっ》の手柄になりはしないだろうか。おそらく、じきに彼奴はこのワタシと同じ中級として認められる」

「手柄は半分こよ、きっと。人選と采配はアンタがしてるんだからー」

悪い笑みを浮かべながら、ビスケは耳元でささやいた。

「それでぇ、もし失敗しちゃったらぁ、レガスのせいにしちゃうのぉー。だってだってぇ、ニンゲン相手に失敗するなんて、ありえなくなーい？　レガスが失敗するなんて、誰も予想できないじゃん」

「た、確かに……」

「もし失敗してエウベロア様に消されちゃえば、アンタのライバルは減る。成功すれば手柄は半分こ。エウベロア軍最強を派遣したのに、ニンゲン相手に何かを失敗するほうがどうかしてるわー。ていっても、どうせレガスは失敗なんてしないだろうけどねー。そして帰ってきたレガスから何が起きていたのか訊けばいい」

「その手だ！　愛しているぞ、ビスケッ!!」

「ビスケちゃんはー、イカくさい童貞は嫌いなのー。キャハハ☆」

◆　◆

シルバは武術訓練の指揮を執り、アウラもそれに参加していた。

当初、ダイエット目的だからすぐに音を上げるだろうとヴァンは予想していたが、これが思った以上に根性があり、アウラは「筋肉痛です……」と涙目になりながらも頑張って訓練に参加していた。

ダイエットではなく、本気で武術を学ぶ気でいるようだ。

ヴァンはというと、町の大工とともに見張り用の高台建設を手伝っていた。

とはいえ、手伝えるのは木材を運んだり切ったりするだけだが。

ヴァンが指示を受けているのは、もう年は六〇を越している、カニザレスという大工の棟梁だった。

頬に傷があり、露出している腕や肩にも傷がいくつもある。

ヴァンが戯れに訊くと、昔やんちゃをしていたそうだ。

「この町の異変はそろそろ知られているだろう……さあ、今度はどんなヤツがやってくるのか」

ぽつりとつぶやいて、ヴァンは空を見上げる。

本当に世界は魔族の手に渡ったのか、と疑いたくなるほどに平和で、青空を鷹がぐるぐる旋回していた。

今まで倒した魔族はまったく歯ごたえがなかったので、もう少しマシなヤツと戦いたいところだ。

「ん。噂をすれば……」

「どうかしたかい、兄《あん》ちゃん」

不意に立ち上がったヴァンを棟梁が訝しそうに見上げた。

「本職に戻る」

そう言い残して建設現場をあとにする。

魔族がまき散らす魔力が急速に接近してきていた。

空からだ。

手でひさしを作って、目を細めながら上を見ていると、黒い点がどんどん大きくなっていく。

それが何かに乗った魔族であることはすぐにわかった。

離れた場所に落下したのが見え、ヴァンは急いだ。

悲鳴が次々に上がり、魔物の雄叫びが聞こえる。

「エウベロア様に仇なす下等種族め。吾輩がここで殲滅してくれる」

哄笑をあげながら、甲冑を身につけた魔族の男が大層な槍を振るっている。すでに、町の住人がその手にかかり血だらけで転がっていた。

「ヴィォオオオオオ――」

翼竜の一種であるコドラが鳴き声を上げながら人を襲っていた。

背中に人を乗せ、空中を飛ぶことができる上、地上を走らせても馬と同等の速度で走ることができる小型のドラゴンだった。

ただ、人間の言うことは聞かない。

ヴィオオオオ、ヴィオオ、と鳴き声がうるさい。

視界に入った瞬間、ヴァンが首を刎ねた。

「食えない魔物だ……」

残念そうに口にすると、邪魔な頭部を、げしと道の端に蹴り込んでおく。

どさっと首から下の体が倒れたことで、魔族の男が気がついた。

「フェール号……？　フェール号ぉおおおお!?」

意気揚々と人間狩りをしていた魔族も涙目だ。

「ゴキゲンだな、魔族」

「エウベロア様にいただいた吾輩のフェール号になんてことををををおおおッ！」

ブチ切れして青筋をいくつも浮かべている魔族にヴァンは一応謝っておいた。

「すまない。人を襲っていたから、つい」

「貴様ァアアアアア、タダで死ねると思うなよォオオオオオオ！」

威嚇か、それともデモンストレーションなのか、槍をフォンフォン、と振り回す。

一気に体内の魔力量が跳ね上がり、漏れ出た薄赤い魔力が逆巻く風のように魔族を覆った。

常人なら威圧に腰を抜かしただろう。

「ルァアアアアアアアアアアッ！」

と、魔族は大声で叫んだ。

「声、うるさ」

「この町にいるニンゲンは、全員吾輩が殺す！　一人残らず殺して燃やし尽くしてくれるわッ！」

「どちらも困る。大人しく死んでくれれば、豚のエサにはしないと約束しよう」

この『槍持ちの吾輩』は、逆上してヴァンしか見えていないが、ヴァンは周囲の様子がきちんと見えていた。

騒ぎを聞きつけたシルバやアウラたちがやってきて、住民を誘導して避難させている。

「さあ、決めろ。豚のエサになるか、ならないか」

「それは、貴様のほうだァアア！」

襲い掛かってきた魔族を引きつけながら、ヴァンは町の外に出る。ここなら『吾輩』が暴れても被害は出ないだろう。

「ルァアア、アアアアアアッ、ンンンンンンンン――――」

魔族の体を覆っていた魔力が槍を覆った。

「遅……」

ヴァンの知っている魔族はもっとスマートだった。

あんなふうに気合を入れて力まずとも、呼吸するのと同じくらい自然に魔力で武器を包んだ。

薄赤い魔力をまとう槍をまたフォンフォンと振り回す。

「その動き、好きなのか？」

もう、そうとしか考えられない。敵を前にして、デモンストレーション。

のんびりし過ぎである。

「ブハハハハハッ！　この状態の槍はただの槍ではない!!　吾輩の炎属性を付与した魔槍である！」

「効果をわざわざ解説してくれるのか……最近の魔族はずいぶんと親切になったのだな」

「これが少しでもかすれば！　灼熱の炎で焼かれ骨も残らぬぞ！」

「解説はありがたいが……炎属性を付与したのなら巻き起こした風で大地を焦がすくらいはしてほしいものだ。灼熱の炎（笑）が聞いて呆れる」

一緒にやってきた仲間はいないらしい。

ということは、この『吾輩』は、相当腕に信頼を置かれている男と考えていいだろう。

「……このレベルで？」

コドラに乗っていたからどれほどの魔族かと思えば、なんとも残念だ。

かつて、しのぎを削り、殺し合いを演じた魔族の劣化具合は、目を覆いたくなるものだった。

ヴァンは、戦闘能力において敵ながらかつての魔族を評価していた。

好敵手に抱く気持ちと少し似ているかもしれない。

「わかった、こうしよう。俺は貴様を殺さない。誰に言われてここに来たのか、貴様の上司は誰でどれほどの戦力なのかを教えてくれたら、殺さないと約束しよう」

余裕でバレる嘘をついた。

「立場がわかっていないようだな、ニンゲン。おまえが、吾輩を殺すなど不可能だッ」

「交渉決裂だな」

元々成立させるつもりはなかったが。

「ニンゲン風情がッ！　魔騎士とまで呼ばれ称えられたこのレガスを殺すなど――」

剣を抜き、斬撃を与え、再び鞘に納める。

ヴァンのたったそれだけのシンプルな動きは、レガスの目には映らなかった。

「不可能ォオオオッ！　――？」

ヴァンの立ち位置が不自然に変わった。

レガスにはその程度の認識しか持てなかった。

だが、吹き飛ばされた片腕とおびただしい出血と、意識を焼き切りそうな激痛で、何かをされたことだけは理解した。

「ギャァアアアアアアアアアアアア!?」

「おい、灼熱の炎はどうした」

「ニ、ニンゲン風情がァアアアアアアアアアア！」

目を血走らせレガスが槍を振るう。

力量差すらわからないのか、とヴァンは憐れみすら覚えた。

「俺は人間ではない。貴様ら魔族を撃滅するために生まれた魔導兵器だ」

「ルァアアアアアアアアアアア！」

「逝くときくらい、静かにできないのか」

自慢の槍を奪われていることにすら気づかないらしく、片手で襲ってくるレガス。

体の中心めがけて、ヴァンは力の限り刺突した。

まだレガスが付与した炎属性の魔力は残留しており、傷口が発火し肉の焼ける音がする。

「人間は、貴様ら魔族が思う以上に強い。覚えておけ。……聞いてないか」

すぐにレガスは燃えカスとなり、風にさらわれて消えてなくなった。

「この槍はシルバにくれてやろう」

町へと戻りながら、俺の槍捌きも捨てたものではないな、と自画自賛するのであった。

剣聖と治癒術師

騒然としていた町は今では静かになり、無残に破壊された家屋が見ていて痛々しかった。

「ヴァン、さっきの魔族は――」

アウラがヴァンを見つけて駆け寄ってきた。

「塵となった。おそらく、この町の異変を嗅ぎつけて威力偵察にやってきた者だろう。即時殲滅したため、しばらくは魔族は来ないだろう」

「そうですか。よかったです」

ヴァンが状況を訊くと、負傷者が八人とのことだった。

アウラの表情が暗いのはそのせいだろう。

「アウラ。難しいかもしれないが、こういうときこそ明るく振舞わねばならない。それが、上に立つ者の役目だ。町民たちと同じように塞ぎ込んでしまうと、町民たちはますます不安になる」

この話を続けるとアウラが思い詰めてしまいそうなので、ヴァンは話題を変えた。

「ルカンタに医者はいるのか？　八名の処置は問題ないのか？」

「あ。そのことです。――お医者様はいてシルバたちが処置を手伝っています。ただ、ポーションが全然足りなくて、このままの状態ではまずいそうです……」

医療所から出てきたシルバに、ヴァンはさっそく魔族との首尾を説明した。

「そうか。今回も君に助けられた」

「俺はそういう存在だ。気にしないでほしい。それはそうと、この町に治癒術師《ヒーラー》は？」

「田舎町にそのようなレア能力持ちの人間はいない……。魔族が来る気配がないのなら、ヴァンに別の町から薬師を連れてきてほしい。できればありったけのポーションも」

「ん。承知した」

「今日のようなことが起きないように努めたいが、増えるかもしれない。ポーションより薬師、薬師より治癒術師を、できれば」

「もちろんだ」

怪我をするイコール死となれば、戦いになれば戦力はあっという間になくなるし、士気にも関わる。

「わたしも行きます」

「アウラ様は、町にいてください。お顔を見せるだけで民は安堵するものです」

「いえ。わたしが連れてきます。わたしの身分を明かせば、力を貸してくださるかもしれません」

「アウラの不安な顔を民に見せるよりは、マシだと思うが？」

少し迷ったシルバが、やがてうなずいた。悩む時間のほうが今は惜しいのだろう。

「わかりました。ヴァンが護衛ならそこが世界一安全でしょうし。私たちの姫を頼んだぞ」

「任せろ」

「実は、薬師の件で魔族の話を盗み聞きしたことがあります」

アウラには薬師に思い当たる人物がいるらしい。

厩舎まで走り、二人はそれぞれ馬にまたがった。

馬腹を軽く蹴り、町を飛び出す。進路を北へ変えた。

「薬草を納める仕事をしていたので、そのときに、魔族が言っていたんです。北の森に持っていきポーションを作らせる、と」

「十中八九、魔族ではなく人間だろう。不器用な魔族にポーションは作れない」

武器ほどひどくはないが、町に医薬品は滅多に流通しないらしい。作らせたポーションは魔族が管理し、最低限の数を流通させているそうだ。

医薬品は、戦うとなれば食料や武器同様に必須の物資だ。武器の売買を禁止しているのと同じように、これも反乱防止策のひとつとなっていた。

二人が馬を走らせ数十分。

目当ての森が見えてきた。

馬で入れるところまで森を進み、道が細くなったところで馬を下り手綱を木に繋いだ。

ゴブリンを狩った森より、ずいぶんと道が整っている印象がある。

魔物の気配もほとんどしない。

足早に歩きながら、アウラが生えている薬草をあれこれ説明してくれた。

道沿いに何種類も生え揃っているあたり、その薬師が栽培している薬草なのだろう。

やがて、奥に古い一軒家が見えた。

アウラが扉をノックする。

「ごめんくださーい！　ルカンタの町から来た者です！　薬師さん、いらっしゃいませんか？」

中から人の気配はするが、応答はない。

居留守を使う気らしい。時間もないので、ヴァンは扉を思いきり蹴破った。

ひゃあ、と女の悲鳴が中から聞こえる。

「失礼する」

さ、とソファの陰に女が隠れた。

「な、な、何!?　この前、きちんとポーション作って納めたでしょー!?　あ、あたし、そんなにたくさん作れないわよっ!?」

「落ち着け。俺たちは魔族ではない」

「じゃあ何よ！　魔族の使い？　何の用よ？」

そろーり、と女がソファから顔を出す。

年は二〇代半ばで、ゆるいクセの藍色の長髪に、利発そうな同色の瞳をしていた。

ヴァンたちを不審げに見つめている。

「わたし、ルカンタの町にいるアウラと申します。今日は、お願いに来たんです」

「お願い？　ポーションをこっそり作ってくれとか、それは無理だかんね？　バレたらあたしが殺されちゃう」

ずいぶんと警戒しているようだった。事情の説明をヴァンはアウラに任せた。こういうときは、女のほうがむこうも安心してくれるだろう。

「人間の町？　ルカンタが独立……本当に？」

「はい。今は警備の魔族は誰もいません。何度かやってきても、ヴァンが全部追い払ってくれているんです」

正確には追い払うではなく、完全殲滅だ。情報を持ち帰る魔族がいないおかげで、町で何が起きているのか、敵は正確に把握できない。

人間相手なら、買収して虚偽の報告をさせることもできるだろうが、人間を下等生物扱いする魔族に交渉は無理だろう。

「この家に来る魔族はルカンタで警備している魔族って話だし……本当なら、あたしはもう自由ってこと……？」

「はい。だから、これからは無理にポーションを作らなくてもいいんです」

「ルカンタが落ちない限りは、な」

この女とは、利害が一致していた。

ルカンタが再び魔族の手に落ちれば、また町から魔族がやってきてポーションを作らされる。

「わたしたちの町を守ることが、あなたの自由を守ることにもつながるんです。どうか、どうか、お願いします……」

アウラが頭を下げた。

「町では今、重傷者が苦しんでいます……あなたの力を貸してください」

女は立ち上がり奥の部屋に入ると、すぐに小瓶をいくつも胸に抱いて出てきた。

「こっそり作ってたポーション。納期に間に合わないピンチのとき用の予備で、もういらないから。ありったけ持っていって」

「え？」

「あたしは、荷物まとめて、あとからルカンタにむかうから」

「あ。あ、ありがとうございます！」

「お礼はいいから！　早く先に行って」

薬師の女が荷物をまとめている間、ヴァンとアウラは馬を駆けさせ町へ戻った。

すぐにヴァンは女を迎えに行くため、北の森へトンボ返りをする。

薬師はまだ家の中で荷造りをしていた。

「いきなり家に来て助けてなんて、ヒジョーシキじゃない？」

愚痴っぽく言いながらも、表情はどこか嬉しそうだった。

大きな鞄《かばん》を四つ手にして奥から出てくる。

座っていたので気づかなかったが、貧相なアウラの体と違って、出るところはきちんと出ている女性らしい体つきだった。

ヴァンは荷物を預かり、先に家を出る。

「あ！　てか扉！　なんてことしてくれんのよ」

「すまない。気が向いたら直す」

「気が向かなくても直しなさいよっ」

馬にまたがると、手を貸して後ろに女を乗せた。

「俺はヴァンという。アウラに仕える護衛で、町の用心棒もしている。対魔族専用の兵器だと思ってくれていい」

「あたしはシエラ。元はライセンス持ちの治癒術師よ」

「ん？　薬師ではないのか」

「治癒術師が薬を作っちゃダメなんて決まりないでしょ？　ああ、あたしのポーションよく効くから、あたしが町に到着するまで怪我人たちは大丈夫よ」

シエラは、元は王都で仕事をしていたが、治癒術師の仕事はやめてこの森でのんびりポーションを作って生活していたらしい。魔族に敗れた例の戦争がはじまる前のことだという。

ここに住みはじめてから、シエラは治癒術師ということをずっと隠していたため、魔族にバレることはなかったようだ。

「偉そうにこっちをいつも見下してくる魔族は嫌い。生きるためとはいえ、あいつらのためにポーションを作った。嫌いな奴を助けるポーションを作ってると思うと、全然作る気になれなくて、いつもイヤイヤだった」

「今、このときから、作ったポーションは使われるべき人間のために使われる。届けたとき、怪我

人はみんな感謝していた」

「ううん。あたしこそお礼を言いたい。ありがとう」

こうして、薬師兼治癒術師のシエラが仲間になった。

剣聖と元一流冒険者

アウラが作ってくれた朝食を食べながら、ヴァンはシルバに訓練の様子を聞いていた。

「私と部下で一五人、他に訓練をしている町の男たちを合わせれば、七〇人となる」

「となれば、三人くらいか。戦って確実に勝てる魔族の数は」

「一通り教えているが、まだまだ兵というには心もとない」

「アウラの様子はどうだ？」

「ああ……ええと……上々だ」

シルバが困ったように目をそらす。

「全然ダメです……」

自覚があるらしいアウラは、しょんぼりしながらパンを食べている。

「あ、アウラ様。成果というものは、そう易々と出るものではありません。じっくりじっくり鍛錬すれば、いずれは……」

「わたしでも、ちゃんと強くなるんですか……？」

「……っ、強くなります。きっと……」

「シルバ、本当にそう思っているなら、目を見て言ってやれ」

姫のご機嫌取りをする騎士を見かねてヴァンは口にした。

「アウラ、向き不向きというものがある。気が済んだのなら、シエラと仕事をしたらどうだ」

同じテーブルに着いて朝食を上品に食べているシエラが顔を上げた。

先日、町にやってきてからは、ヴァンと同じようにシルバ宅で一緒に生活をしていた。

アウラの身分もすでに明かしている。

「姫様は、薬草を摘む仕事してたのよね？　それなら、お願いしようかしら」

「よかったな、アウラ」

不服らしいアウラは唇を尖らせている。

「わたし、どこでも厄介払いをされているような気がします……」

身分を正式に明かしてからというもの、町民たちはアウラのことを、ルカンタの町娘から自国の姫として見るようになった。

気を遣うな、というほうが無理だ。

ヴァンは、本職はもちろんだが、大工の職人について見張り台建設を手伝っている。

現在は、近隣都市のルシージャスがある方角——南東に一台設置し、二四時間体制でシルバの部下が交替で見張っている。

『槍持ちの吾輩』ことレガスを倒してから二日目。まだ魔族は現れない。

ポーションやその他医薬品は、シエラが町医者と協力して製作しており、じきに万全となるらしい。

「自給で間に合わない食料やその他物資は、そろそろ行商人がやってくるので彼から買い付ける。魔族に売上の何割かを吸い上げられているそうだ。だから多額の口止め料を渡せば、口は割らないだろう」

すべて順調に回りはじめていた。

「ただ、この町の状況が外に漏れるようであれば、逃げ出した人たちがここに駆け込んでくる可能性がある。もしそうなれば、他所の人間だが、受け入れるか？」

「当たり前だろう」

「そうです、魔族の支配が嫌で逃げてきたんですから。拒否するのは無しです」

シルバとアウラは即答したが、シエラは何か考えるように朝食を食べている。

「そうよね……一人や二人、その人の一家だけってなれば問題ないでしょうけど、一〇〇人単位で来ちゃったら？　この町に住む家だってないし食料や物資が全然足りないでしょ？」

「それは、確かに……」

それに、大勢の人間がこの町のことを知れば、情報がどこからか漏れ、いずれ町の状況は魔族に知られるだろう。

「俺が出向き、魔族を殲滅し町を解放する、という手がある。だがその後、奪還に現れた魔族を撃退できなければ、半端な解放はむしろ逆効果だろう」

解放はできるが、その状態を維持できなければ、意味がないのだ。

「俺が常駐するわけにもいかないから、現実的とは言えない。出向している間、ルカンタの防衛も気がかりだ」

ちら、とシエラがシルバを見て、息をひとつつく。

「オッサン騎士とその部下と民兵じゃ、頼りないものねぇ」

「し、失敬な！　私はまだ三八だ！　オッサンではない！」

「「「…………」」」

ヴァン、シエラ、アウラがじっと見つめた。言わんとしていることはみんな同じだった。

もう十分オッサンだろ、と。

「ヴァンからもらった魔槍もある。私一人で下級の魔族一人くらいどうにか……」

「できるんですか？」

「できるの？」

「シルバ、無理はするな」

くぅ……、と悔しいやら情けないやらで、シルバは片手で顔を摑んだ。

「このシルバ・スタインズ、齢三八といえど、まだまだ強くなりたいッ！」

三人とも、アラフォーの暑苦しい台詞をさらっとスルーした。

「ともかく、戦力の育成以上に即戦力を入れるほうが急務ね」

「俺のように瞬殺ができなくとも、被害を出さず敵の足止めができる者がいればいいのだが」

「といっても、そんな人いるんでしょうか？」

ぼそ、とシルバがつぶやいた。

「冒険者……」

自分で口にした言葉にはっとしながら、もう一度大声で「冒険者だ」と言った。

「一流冒険者のカニザレス……彼の故郷がここらへんだというのは聞いたことがある。生きているかどうかはわからないが」

「冒険者か……ふむ、なるほど。面白い」

危険なダンジョンに潜ったり秘境や魔境に飛び込んだりする彼らだ。

当然、罠にも詳しいはず。町周辺に罠を張り巡らせれば、時間稼ぎになる。

「顔はわかるか？」

「すまない、名前しかわからない。私がまだ新米だったころの話だ。彼はどんな危険なダンジョンに潜っても、必ず生還すると有名だった」

シルバの新米時代だから、おそらく二〇年近く前のことなのだろう。その冒険者が今も現役とは思わないが、今はその知識だけでも借りたい。

「ん。カニザレス……？　それは、ファミリーネームか？」

「ああ。そのはずだ」

ファミリーネームがカニザレス。最近、ヴァンはその名を聞いたことがあった。

それほど珍しいファミリーネームではないが……。

特定の人物が思い浮かんだ。

ヴァンは席を立ち、家をあとにした。むかった場所は、見張り台建設現場。

すでに作業をはじめている大工たちの中に入っていき、目当ての人物を見つけた。

「おぉ、ヴァンの兄ちゃん。今日は早いな」

快活そうに笑うのは、いつもヴァンが指示をしてもらっていた大工の棟梁だった。

「翁《おきな》、ファミリーネームは確かカニザレスだったたな」

「んあ？　そうだが、それがどうしたい」

色んなところにある様々な傷。昔やんちゃをしていた――。

「冒険者カニザレスというのは、翁のことで相違ないか」

「どこでそんな話を……。だが、もう冒険者はやめて、こうして大工をしてんだ」

「翁の冒険者としての知恵と大工としての技術を借りたい。ルカンタ防衛のため、対魔族用の罠を建設してほしい」

弱ったようにカニザレスは頭をかいた。

「オレの罠程度で、魔族がどうにかなるもんかねぇ」

「時間を稼ぐだけでいい。シルバとも話し合って、ルカンタの守備力を上げてほしい」

んー、と難色気味のカニザレスに、周囲の中年大工や老大工が声を上げた。

「カニさん、やってみなよ」

「ワシらの世代じゃ、ここいらのヒーローっていや、あんたなんだ。魔族くらいどうにかしてやろうじゃないか」

そうだそうだ、と大工連中が盛り上がりだすと、カニザレスが手を叩いて鎮めた。

「今日から、ちょっとばかし忙しくなるぜ？　見張り台があと三か所に、魔族撃退用の罠だ」

おおぅ！　と大工たちが太い声を一斉にあげた。

自分たちの町を自分たちの手で守る、というのは、こうも士気が上がるものらしい。

「アウラ姫も、あとで視察にくる。改めてそのときに礼を言わせてほしい」

ははっとカニザレスは笑った。

「要らねえよ、んなもん。オレはオレができる仕事をするだけだ。ったく、ジジイを焚きつけやがって、しょうがねえ兄ちゃんだ」

「俺のほうがジジイだ。気にするな」

握手を交わし、首尾を報告するためシルバ宅へと戻った。

「え。大工のカニさんが、あの一流冒険者カニザレス!?」

ひっくり返りそうなほどシルバは驚いていた。珍しい名前ではない上、シルバたちがこの町に来たときは、もう大工の棟梁カニさんだったらしいので、人物像が繋がらなかったのだろう。

この日、北西に新しい見張り台ができ、町近辺に罠の建設がはじまった。

またひとつ、ルカンタの防衛力が上がった。

哀・中級魔族

魔騎士レガス派遣の翌日――。

中級魔族・ジョンテレは、またしても焦っていた。

自宅の執務室で、あっちをウロウロ、こっちをウロウロと歩き回っている。

「どうしてだ！　どうしてレガスは戻ってこない！」

頭を抱えて床にごろんと転がった。

「どうしてだぁあぁぁぁぁぁぁ……」

ひらひら黒い羽を動かしながら、妖精のビスケが空中でのん気に寝そべっている。

「これは、本格的にルカンタの町で何かあったっぽいってー。レガスが、ニンゲンにやられちゃって、もうこの世にいない的なー？」

「魔騎士レガスだぞ!?　なぜニンゲンなどにやられる！　ワタシの地位を脅かす存在ではあるが、武力ではエウベロア軍でも随一の魔騎士なのだぞ!?」

「だって、他に考えらんないじゃーん」

ジョンテレは子供のように両足をじたばたさせた。

「使えない下級どもめ、使えない下級どもめ、使えない下級どもめぇぇぇぇ！　ワタシをこんなに困らせおって!!」

「じゃさ、もう自分で確認しに行けって感じー」

「その程度の視察は下級の仕事だ！　中級魔族であるワタシの仕事ではないのだ！」

「とか言ってー。暇そうにいつもムラムラしてるだけじゃーん」

「暇もムラムラもしてないわいっ」

必死、必死、否定に必死ー☆　とビスケが歌うように言って、キャハハと笑う。

「え、エウベロア様は、このことはご存じなのだろうか……」

「あの人、何かあったらすぐに呼びだすじゃん？　ってことは、知っててジョンテレに任せているか、そもそも知らないかのどっちかよ、きっとー」

「ら。ららら、来週は、定例報告会だぞぅ――管理不行き届きを指摘されれば、ワタシは破滅してしまう！　下級に落とされ管理領地も取り上げだ……。ビスケ様……ワタシにできることであれば、なんでもしますので……何卒、この童貞の豚に、お力添えのほど……何卒……」

土下座して床に額をこすりつけているジョンテレの前に、ビスケがちょこんと座る。

妖精であるビスケにしてみれば、ジョンテレは巨人にも近い大きさとなる。

「おっけー」

とノリよく言って、がらりと表情を変え心底嫌そうに眉を寄せた。

「飛んでるときに、ビスケちゃんのパンツ見ようとするの、やめてほしいんだけど。クソ豚、ほんっとキモイ」

冷た――――い凍えるような声音だった。

「あ、あれは……ちょうど目に入る高さに太ももがあったもので、それで」

「言い訳しない」

「はい……すみません。もう二度と見ようとしません」

「仮にも神聖な妖精をさー、そういう目で見るって何？　どういうつもりなの？　童貞って性欲の化け物なの？」

「返す言葉もございません……」

「ギリギリ見えないように角度を計算した上で、アンタをからかってるんだけどね」

「え」

「というわけでぇー」

キャハ☆　といつもの調子にビスケが戻った。

「ジョンテレは、労せずルカンタの事情を知りたいんでしょー？　レガス以上の武力が町に存在すると仮定すれば、レガスの二の舞は避けたいわけじゃーん。ってなると、もうニンゲンに訊いちゃったほうが早いよねぇー」

ジョンテレが顔を上げた。

「ニンゲンに訊く？」

「そ、そ。誰も出入りしないってわけじゃないでしょー？　旅人とか、商人とか、町に出入りするヤツ、絶対いるからー。そいつをとっ捕まえて、町で何が起きているのか尋ねるのー。同じニンゲン同士だから、魔族よりも事情を摑みやすいと思うのー」

「旅人、商人……。行商人……ルカンタを経由してこの町に帰ってくる男がいたな！　そのニンゲンなら何か情報を摑むだろう。しかし、知らぬ存ぜぬでしゃべらない場合はどうする」

「帰ってくるってことはー。このルシージャスに家があるってことでしょー？　家があるってことは家族がいるってことでしょー？　しゃべらなかったら家族を殺せばいいじゃーん。そしたらすぐしゃべるってー」

「なるほど、脅せばいいのだな！　さすがビスケッ！　愛しているぞ!!」

「キモ豚はごめんなさぁーい」

ぶぶーっ、とビスケは腕でバツマークを作った。

こうして、ビスケの助言に従ったジョンテレは、数日後、ルシージャスに帰ってきた行商人と彼の家族を捕らえた。

最初は堅かった口も、家族を連れてきて脅せば、容易く口を割った。

ルカンタの町の情報を聞いたジョンテレは歓喜した。

「ぶーわっはっはっはぁあああ！　ニンゲンどもが独立しているだと!?　笑わしてくれるわっ！　レガスをどう殺したのかは知らぬが……反乱分子であることに相違ない!!　即刻、これを鎮圧、町のニンゲンを殲滅してくれるわっ！」

「ビスケちゃん的には、侮らないほうがいいっていうかー。無難にぃ、エウベロア様に報告したほうがいいと思うんだけどー」

「なぁにを弱気になっているビスケよ！　ニンゲンの手に落ちてしまったルカンタを制圧すれば、ワタシの手柄となる――！　このことは、誰にも言わぬ。報告は町を制圧したときだ」

「どうするのー？　ついにジョンテレが行くのー？」

「キレ者は、ここぞというときに動くのだ、そして今がそのときである！　ワタシが集めうる手勢、下級魔族五〇と手下の魔物二五〇を招集する！　ニンゲンの町など瞬時に蹂躙してくれるわ!!」

ジョンテレが、上機嫌のまま出撃準備をはじめた。

「なんかさっきからー、ジョンテレの台詞が全部死亡フラグっぽいんだけどー。ビスケちゃん、ちゃんと忠告したもんねぇー。もぉ知ーらないっ♪」

キャハハ☆　とビスケは黄色い笑い声を上げ、ひらひらと飛んで部屋を出ていった。

だが、意気揚々と出撃しニンゲンを狩り、町を制圧する。

描いていた栄光と現実は違い、ジョンテレの前に問題が噴出した。

「なぁぁにぃぃぃぃいいい!?　配下のゴブリンが集まらないだとぅ!?」

報告にやってきた下級魔族の部下は弱ったように頭をかく。

「集まらない、と言いますか、いない、と言いますか……ルカンタ付近の森を拠点にしていたキングゴブリン一党が、ほとんど死滅していまして……二〇〇近い死体が森にごろごろと……」

「魔族一人につき五〇のゴブリン兵をつけ、一小隊とするワタシの計画をどうしてくれる!!」

「どうしてくれる、と言われましても……」

森近くに行って戻ってきた下級魔族の男は、ゴツい骨をジョンテレの机においた。

「これが、サイズからして、まず間違いなくキングゴブリンの骨です。森の近くで見つけました」

「骨ぇえ!? な、なぜだ!? なぜ骨になった!」

「骨に残った肉は皆無……身も内臓も残さず、すべて食われたのではないか、と」

「く、食われた、だと!? しゃぶり尽くされたというのか……。ま、町に一体何がいるというのだ。ドラゴンかそれに近い伝説級の魔物がいるというのか……?」

青くなった顔色で、ジョンテレは骨を見つめた。

「ジョンテレ様。やはり、エウベロア様にご報告し、指示を仰いだほうがよろしいのでは?」

「う、うぐぐぐ……」

「あのキングゴブリンは確かに知能は低いですが、ジョンテレ魔下《きか》三〇〇の中でも、かなりの戦闘能力を持っておりました。恐れ知らずでいつだって先陣を切った。……今回の出撃は、見送られたほうが……?」

「ならぬっ! ワタシだけの手柄だ! エウベロア様にご報告すれば、直属の魔騎士団が動くか、ほかの中級、下級魔族が対処にあたる。そして、最悪ワタシは、管理できなかったということで、管理領地を没収されてしまう可能性もある……!」

たった一週間ほどで、ジョンテレの進退は窮まってしまった。

「無知蒙昧なゴブリンなど要らぬわッ! 我ら魔族の誇りを、下等生物であるニンゲンに見せつける絶好機! 五〇の魔族で一気に町を占拠、ニンゲンを殲滅。町にいる何者かは、すぐに知れるであろう。征くぞ――」

ジョンテレが大げさなマントを摑んで羽織る。

執務室を出ていくと、廊下に下品な声を響かせた。

「防備もロクにできておらぬ小さな田舎町など、我らが蹂躙してくれるわッ！　ぶーわっはっはっはっはぁああ！」

城外に配下の下級魔族たちを集結させたジョンテレは、管理領地のひとつ、ルカンタの町へ行軍をはじめた。

部下の士気も高い。まったく理由のないニンゲン狩りは禁止されているが、今日このときだけは解禁してある。そのせいだろう。

すでに魔力を溜め、いつでも得意魔法を放てる準備をしている部下たち。町を廃墟にする気満々なのだった。

馬上のジョンテレから町が見え、部下たちが興奮をはじめたときだった。

大きな物音とともに地面が消えた。同時に叫び声が聞こえる。

「「「ぎゃぁあああああ――!?」」」

部下の半数がジョンテレの視界から消えている。

落とし穴だ、と口々に話す声だけが聞こえた。

「何をしている！　落とし穴ごときにハマりおって！　情けない!!　進め、進めェエ！」

ジョンテレが馬を駆けさせ地面が抜けた場所を覗くと、無数の槍が部下の体を貫いていた。

穂先は血に濡れているだけではなく、別の不自然な黒い何かを塗られていた。

間違いなく毒だろう。

「小癪なッ」

穴を避けて進みはじめた部下も、別の落とし穴にハマった。

「ええいッ！　何をしている！」

ひゅひゅひゅ、と風を裂く細かい音が無数に聞こえる。

大戦時、聞いたことのある、この音。

見上げたジョンテレの視界に入ったのは、数十の矢――しかも火矢だった。

鼻をついた油のにおい。

あの落とし穴には――。

直感した瞬間、背が冷えた。

「穴から早く出――」

言うよりも早く、火矢が穴へと吸い込まれていき、空気を焦がす熱風と部下たちの断末魔が聞こえた。

魔法以下の古典戦法にジョンテレは歯ぎしりをした。

魔族は、『魔力がなければ魔法を使えばいい』、それくらいには、魔法に頼りきっている。

火矢を撃つより、火炎魔法を。

その考えが、魔族が魔族たるゆえんであり、人間に圧倒的に勝っている点であった。

魔族にとって武器とは、道具のことではなく、己が魔力と魔法を指す。

付与魔法や特殊な武器を使うのなら別だが、普通の武器を使って攻撃するなど、魔族の常識では時代遅れも甚だしい戦法であった。

なぜその常識が強く根付いたのか——先の大戦でそうして人間に勝ったからだ。

混乱が収まらないうちから、町から馬に乗った人間が出てきた。

低い姿勢で馬を疾駆させ、飛ぶようにこちらへやってくる。

手には、やはり古典武器の剣を持っていた。

「たった一人だと!?」

「舐めるなッ、ニンゲン!」

「嬲り殺してくれるッ」

華麗な手綱捌きで戦闘可能な魔族たちの間を縫う。

ある者は、細切れになった。

また別の者は胴と首が離れた。

通り抜ける度に、部下たちが例外なく死んでいく。

少なくとも、ジョンテレには馬上の人間が何をしているのか見えなかった。

目に追えないほどの剣速は、光よりも速い。

馬上の人間とジョンテレの目が合った。

「旧エスバル王国軍クロイツ特務隊、魔導人形《ナンバーズ》『第七子《セブンス》』のヴァンだ。我が使命により貴様らを殲

滅する」

「ひ、ひぃいいいいいいいいいい」

あれは、死神か何かの類いか。

少なくとも、人間ではない。

ジョンテレは馬首を回し、力の限り馬腹を蹴る。敵に背をむけ部下を置いて一目散に逃げ出した。

魔騎士レガスもキングゴブリンも、アレにやられたに違いない。

「こ、ここは逃げるのみ。何を犠牲にしてもワタシが生きていさえすれば再起は可能——アレの情報を持ち帰れば今回の失態も厳罰程度で——」

「さっきから何をしゃべっている」

いつの間にか馬を並べられ、ヴァンに首元を摑まれたジョンテレは地面に放り投げられた。

「あぎゃっ!?　い、いたい……」

「貴様が指揮官か」

「ち。違う!」

「わかった。なら死ね」

「あ、合っている、ワタシが指揮した!　ワタシが指揮官だ!」

「よし。部下の心配は無用だ。もう全員死んでる。——心置きなく死ね」

「待てぇえええ!　待てっ!　結局殺すのか!!　何だ、何が望みだ!?　き、貴公の望みをワタシが可能な限り叶えてやろう……。わ、悪い話ではないだろう?　ま、魔族に士官したいのであれば、え、エウベロア様に推挙してやってもいい。ど、どうだ？」

「エウベロアとは誰だ？　ルシージャスの戦力や構成を教えてほしい」

「も、もちろん！」

ジョンテレは自分が知っている限りのすべてを話した。

「こ、これで、ワタシを見逃してくれるのだろう？」

「訊いたことに答えてもらっただけで、まだ俺の望みは叶っていない」

「な、なんだ、貴公の望みとは……？」

「貴様の死だ」

「うそぉん」

最初から見逃すつもりはなかったらしい。

「い、いやだぁあああん」

これが、ジョンテレ最期の言葉となったのだった。

剣聖と祝勝会

魔族の集団を撃退、殲滅したことで、ルカンタの町は大いに盛り上がっていた。

設置を急がせたカニザレスの罠と、それに合わせた民兵たちの火矢は効果を上げ、みんなかなりの自信になったようだった。

ヴァンが町に戻ると、町民全員の大きな歓声と拍手に迎えられた。

何を言っていいのかわからず、剣を突き上げると、わっと町全体から歓声が沸いた。

「ヴァン、鮮やかな手並みだったな」

厩舎から戻ると、シルバとアウラ、シエラが迎えてくれた。

「罠と火矢が敵を最初に混乱させたことも大きいだろう。思った以上に敵を倒すのが楽だった」

「足手まといではなかっただろう?」

「もちろん」

シルバとハイタッチを交わす。

シエラとアウラは、万一に備えて診療所に詰めていたらしいが、ここが活躍することはないままだった。

「ヴァンは怪我してない？　大丈夫？」

「ああ、心配無用だ」

「魔族をあんな簡単に倒しちゃうなんて。一度、体を隅から隅まで調べさせてほしいんだけど」

「基本構造は人間と同じだ。違うところといえば、魔力を主として活動していることくらいだろう」

「ぱっと見、ふつーの男の子なのにね」

「『いかにも』な恰好をしていては、相手に警戒心を抱かせるだけだ」

なるほどねぇ、とシエラはためつすがめつ、ヴァンを見ている。

「今日は、町をあげての祝勝会ですよ、ヴァン。お腹空かせておいてくださいね？」

「了解した」

「わたし、お手伝いしてきます」

るんるん、と嬉しそうにアウラは町の広場へむかっていってしまった。

「やけにアウラの機嫌がいいな」

ヴァンの何気ない一言に、シルバとシエラが顔を見合わせて苦笑した。

「みんな、怖かったんだ」

「みんな？　シルバもか」

「ああ。私もだ。数十人単位の魔族と戦うなんて、大戦以来だったし、そのときは、負けてしまったからな」

「緊張と恐怖の反動みたいなもので、どうしても浮かれちゃうのよ。あたしも姫様の気持ち、わかるもの」

町に漂う大きな安堵感は、そこから来ているらしい。

確かに魔族は強いが、絶対に敵わない相手ではない。

ヴァンの知る限り、人間は何度も魔族に勝利している。

きっと、敗戦が敵を過大評価させているのだろう。

「やり方次第で、魔族は倒せる。人間は強いのだから、卑屈になる必要はない」

「強いな、おまえは」

わしわし、とシルバに頭を雑に撫でられ、後ろからシエラにむぎゅと抱きしめられた。

「頼もしいね、ヴァンは」

「子供扱いはやめろ」


魔族の集団を捕捉したのは、つい二時間ほど前のことだった。

町に動揺が走り、人々の顔には悲壮感すら滲んだ。

「小隊長らしき魔族から事情を聞いた。単純に町の異変を探りに来たわけではないらしい」

「というと?」

「つい先日やってきた行商人が、情報源だったようだ。家族を使って脅してようやく口を割らせた、と。だから、一部の魔族はルカンタの状況を理解しているものと思っていい」

「家族使って脅すなんて、最低……」

「そうか。ずっとこのままというわけではないだろうと思ったが」

「ある程度、防衛の準備は整ったといえるし、簡単ではあるが初の実戦も終えた。規模によるが、数千単位なら退けられるだろう」

「え。す、数千？　そ、そんなに？」

いまだにヴァンを後ろから抱きしめているシエラが、目をぱちくりさせている。

「ん。俺一人なら約三万。完璧に町を防御することを考慮すれば数千。魔族の死体で平原を埋め尽くすことができる」

「なんてやつだ……」

呆れたようにシルバが声を上げた。

「あの小隊長の情報は大きい。これまで以上に防衛力を強化する必要があるし、場合によっては、ルシージャスの町からここへ来る物資の移送をすべて止められる可能性がある。そのときは、どこかで足りない食料を賄う必要も出てくるだろう」

「まあまあ、今日はもう真面目な話は無しにしましょー？」

うりうり、とシエラが楽しそうにヴァンの頬をイジってくる。

「今日くらいは別にいいが」

「真面目ねぇ、ヴァンは」

「この前買い付けた物資に、酒があった。今日は、勝利の美酒というやつを楽しもう」

シルバがそう言い残し、シエラと共に広場へとむかっていった。

準備が整った広場では、酒やら料理やらが存分に振舞われていた。

みんなの中心にいるアウラは、あいさつをしたり町民たちに声をかけており、当分自由にはならないだろう。

騒がしいのが苦手なヴァンは、見張りの兵と代わり、南東の見張り台に上った。

普段は遠くにかすむルシージャスの町は、暗くなりはじめたので今はまったく見えなくなっている。

「あ。見つけました。こんなところにいたのですか」

梯子《はしご》をアウラが上ってきた。

「ここは風が気持ちいいですね」

「祝勝会はもういいのか」

「はい。もう、みんなどんちゃん騒ぎで」

いくらか酒を呑んだらしいアウラの頬がほんのり赤く染まっていた。

「実はわたし、昔から大勢の人がいるパーティが苦手で、お城であったパーティも、いつもお母様やお父様の陰に隠れていたんです。だから、今日のもちょっとだけ苦手で……」

ちろりと可愛くアウラが舌を出した。

「好きな者は、ここぞとばかりにハメを外すからな。それほど好きでもない者からすると、ただの迷惑でしかないのだが……それがわからない奴は多い」

「わかります。酔っぱらったシルバがまさにそうで、子供みたいにはしゃいで、巻き込まれてしまいました……」

アウラはそれから、あの人はこうだった、この人はああだった、と楽しそうに教えてくれた。

「ヴァン。わたしは、あなたを誇りに思います」

「何度も言うが、俺はそのための存在だ。アウラが王族であることを変えられないのと同じで、俺も兵器であることは変えられない」

「今日のこの時間は、あなたのお陰であるのですから」

こてん、とヴァンの肩にアウラが頭を乗せた。

「酔っているだろ」

「酔ってません、ふふ」

「酔っているヤツは、みな同じことを言う」

そういうところは、昔の人間とまったく変わらないらしい。

「後ろを見てください」

首を捻ると、広場が見え、たくさんの人たちが笑顔で飯を食い酒を呑んでいた。

子供たちははしゃぎ駆けまわっている。

歌っている者や、それに合わせて踊る者たちもいた。

「これが、あなたが守った町で、あなたが守った人々です」

人々を守ることも使命として設定されているためか、一種の達成感がヴァンの胸を満たした。

緊張気味にアウラがヴァンの腕に腕を絡めてくる。

「性的に興奮しているのか」

「ち、違いますっ！　ドキドキしていただけです！」

顔を赤くして否定すると、下からシエラの声がした。

「姫様ー！　もういいでしょー？　後ろつっかえてんだから、イチャついてないで早く下りてきなさーい！　順番あるんだからー」

急かすシエラの後ろには、一〇人以上の町娘が列をなしていた。

「ううう……ヴァン、またあとで」

名残惜しそうに言ったアウラは、梯子を下りていくと列の最後尾に並びなおす。目が合うと手を振った。

上がってきたシエラに何なのか訊くと、「すぐわかるわよ」と言われた。

今日の夜は長そうだな、とヴァンはため息をひとつついた。

剣聖とギルドマスターの協力

祝勝会から一夜明け、町はいつもの様子を取り戻していた。

ヴァンが起きると、シルバは罠の再設置と防衛の打ち合わせで、朝早くからカニザレスの下へ行っていた。

ヴァンとアウラ、シエラの三人で朝食をとっていると、見知ったシルバの部下が駆け込んできた。

「隊長！」

「どうかしたか」

「ああ、ヴァン。隊長は？」

「カニザレスのところだ。魔族でも来たのか？」

「いや、そうじゃないんだ。よく顔を見せる行商人とその家族たちで……ルシージャスから来たらしいんだが」

念のためヴァンがアウラを振り返ると、うなずいた。

「町に入れてあげてください」

「それが……謝ってばかりで入らないんです」

どうにも様子がおかしいので、ヴァンはアウラとともに町の門へと急いだ。

部下の言った通り、先日町に訪れた行商人だった。自分の家族と一緒にここまでやってきたようで、老いた両親と妻、幼い男女の子供がいた。

それぞれが、大きな荷物を持って、門の前で待っている。

「あ。アロンソさん」

「アウラ様……」

ばつが悪そうにアロンソがアウラから目をそらす。

この町のことを魔族に漏らしてしまった罪悪感があったんだろう。

その場に膝をつきアロンソが土下座をした。

「申し訳ございません！　魔族に町のことをしゃべってしまいました……ッ！　お許しください」

泣いて謝るアロンソの腕をヴァンが強引に引っ張り立たせた。

「幼い我が子の前で土下座なんてするな。話は中でしよう」

「みなさん、どうぞ、町の中へ」

アウラが案内し、アロンソの家族たちが町へ入っていく。

アロンソをシルバ宅に連れてきて、事情を聞いた。

罪悪感に潰されそうなアロンソに、アウラが優しく微笑んだ。

「魔族に家族を使って脅されたというのは、ヴァンから聞いています。顔を上げてください」

「魔族は、来たのですか……？」

「ええ。昨日。ですが、民兵のみなさんやヴァンの活躍があり、彼らを倒しました。安心してください」

そうですか、と消え入りそうな声で相槌を打った。

「私がルカンタを経由する行商人だということを知った上で、奴らは脅してきたんです。家族を人質に取られれば、私は魔族にいいように利用され、この町を調査させられると思ったんです……」

「それで、家族ごと逃げ出しちゃえってことで、ルカンタにやってきたの？」

口調のせいか、シエラがしゃべると重い空気が少し軽くなるような気がした。

出ていこうとする人間を見張る魔族の目というのは、相当ゆるいようだ。

別の町に住んだところで、結局魔族の支配を受けることになる。

どこで暮らしても一緒だから、移住するような人間がほとんどいないせいだろう。

「はい。おめおめと顔を出せた義理ではないことは、重々承知のうえでございます……。家族を守るためなのです。私のことは、構いません。だから、家族だけは、どうか……」

テーブルにぶつかりそうなほど深くアロンソは頭を下げた。

「大丈夫ですよ、大丈夫ですから。空き家があったはずです。そこに住んでもらうように手配しましょう」

「この御恩は一生忘れません」

涙ながらにお礼を言うアロンソ。

「お詫びとお礼というつもりではないですが、食料や物資が必要なのではないですか？」

「それが？」

「行商をしておりますので、各町に私の財産を小分けにして隠しているのです」

行商なら、道の途中に盗賊に襲われることがある。金を奪われるリスクがあるため、各町で売り上げた金額の半分ほどを毎回密かに隠しているそうだ。

また入用のときに引き出すようにしていれば、町へむかう途中に財産を失ったとしても、目的地で商売ができる、ということだった。

「へえ。色々と細かいこと考えてるのねー」

「はい。それを、みなさんにお渡しして、町のために使っていただきたいと思っています。ここから最寄りの町、ローバンに四五〇万、そこから少し南東のドルルに二二〇万。他にも私が定期的に行商に行く町では必ず蓄えがあります」

「そ、そんな大金受け取れませんよ！　アロンソさんがお仕事を頑張って貯めてきたお金じゃないですか！」

「いえいえ。もういいのです。ほんの一〇年ほど前までは、大商人になるなんて身の丈に合わない夢を持っておりました」

アロンソは、浮かべていた自嘲するような笑みを引っ込める。

魔族の気分次第で命を落とす世の中。

金を貯めたところで、死ねばそれまでなのだと言った。

「大戦で人間が負け、どの町も例外なく魔族が支配する息苦しい町となりました。だが、ルカンタの町は違う。ここはかつての人間の町です。私はここで家族と平穏に暮らせたら、それでいいのです。だから、この町のために私のすべてを使っても惜しくはありません」

「……そういうことでしたら、わかりました。アロンソさんのお金は、大切に使わせていただきます」

各町に貯金があるのなら、手ぶらでその町に行き物資を調達することができる。

先日買い込んだとはいえ、減りつつある食料事情に目をそらすことはアウラもできなかったようだ。

アロンソが懐に大事そうにしまった羊皮紙を取り出した。

「これは、売買許可証……商売することを魔族に許された証です。これがあれば、どこの町でも物資や食料の買い付けができます。大量に仕入れるとなると、この証書が必要となってきますので」

「ありがとうございます」

打ち合わせが終わり、帰ってきたシルバにも同様の話をすると、アロンソには同情こそすれ恨むことはなかった。

「魔族を撃退したのが昨日。『おつかい』に行くのなら、今が好機か……」

シルバが確認するように言うと、シエラが割って入った。

「ねえ。別に殺気立たなくても、このおじさんに今まで通り商売してもらえばいいじゃない。お金の隠し場所だって知っているし、買い付けも今まで通りやってもらって。物資の届先が全部この町に変わるってだけの話でしょ？」

完全に盲点だったシルバは「それもそうか」とぼそっとつぶやいた。

「ん。俺が魔族殲滅専門のように、その道のプロがいるのであれば、その者に一任するほうが確実だろう」

それぞれが目をやると、アロンソが深くうなずいた。

「私でお力になれるのであれば、何でもやらせていただきます。この町が魔族の支配を逃れた町だと知ってから、ずっと考えていた物流網があるのです――」

そう言って、置いてあった地図を広げた。

アロンソが懇意にしている商業ギルドのマスターがおり、彼に相談すれば、ギルドの管理が及ぶ町から、少量の物資を町伝いに送ってくれるかもしれないとのことだった。

「ですけど、ちょっとずつでは……」

「直送だと確実に怪しまれます。ですが、町から町を移動する何十人もの商人たちが、いつもの仕入れを一キロ増やし、一キロ多くいつもの町で売るのです」

そうしていつもより多めに売買した物資を中継地点の町に集めるようにすれば、買い付けるために全国を歩き回らなくても済むとのことだった。

「ただ、ギルドマスター・ロロールを確実に説得できるかどうかが怪しいところで……」

「そういうことでしたら、わたしも参ります！　わたしの出番です！　エスバル王国第一王女の肩書が、役に立つときです！」

「姫様、急に元気になったわね……」

「アウラは、何をしようとしても王女だからと気を遣われ、怪我をさせてはいけない、と何の仕事もさせてもらえないのが現状で、簡単に言うと暇だ」

「ヴァン！　本当のことを言わないでくださいっ」

「難儀ねえ。気を遣わないでって言っても、無理だし。でも、それじゃあ、やることがなくて姫様は暇だと……」

むくれたアウラは、「早く出立の準備をしましょう」とアロンソとヴァンを急かした。

目的地は、馬で半日の商業都市ロズワーズだった。

馬を引いてくると、シルバが見送りに来た。

「ヴァン。アウラ様を頼む」

「任せろ。留守を頼むぞ」

「ああ。魔族が来たとしても、三日は持たせて見せよう」

「ん。十分だ」

三人がそれぞれ馬にまたがり、一路、ロズワーズを目指した。

夕方に到着したロズワーズの町は、活気があり魔族の支配が及んでいないような空気さえあった。

町の外には大きな農場がいくつもあり、川に面しているため、物流も盛んだ。

簡単に夕食を済ませ、アロンソの案内で商業ギルドの本拠地の建物に入っていく。

すぐに目当ての人物がいたようで、アロンソが六〇絡みの男に声をかけた。

長めの白髪をオールバックにし、後頭部で小さく髪の毛をまとめている。

「マスター・ロロール、お久しぶりです」

「おおう、アロンソか。久しいな。どうか……」

言葉を切って、じっとアウラを見つめたロロール。

「まさか……貴女様は」

こほん、と咳ばらいをしてアウラが上品な王女顔を作った。

「エスバル王国第一王女のアウラ・エスバルです。申し訳ないのですが、どこかでお会いしましたでしょうか」

「ええ、一度だけ……もう、一〇年以上も前のことで、まだまだ貴女様が幼かった頃のことです
……そうでしたか、生きておいでか。王妃様にそっくりで、可憐になられましたな……」

よかった、よかった、とロロールは涙を浮かべながら両手で握手した。

「ヴァン、わたし、可憐ですって」

「ん。何も間違っていない」

「も、もぉ！　褒めたって何も出ませんからねー！」

ぺしぺし、と照れ隠しにヴァンを叩いてくるアウラ。

王女モードから町娘モードにあっさり切り替わっていた。

王女に立ち話させるわけにもいかなかったのか、自室にヴァンたちを招き入れ、すぐにアロンソが用件を伝えた。

「ふむ。なるほどなるほど。面白いことを考えるな、アロンソ。しかしルカンタの町は、今そんな

ことになっているのか」

「三週間ほど前、ヴァンが現れてから、ルカンタは自治を取り戻したんです。すごいんです、ヴァン。魔族を数十人、あっさりと倒してしまって！　すっごく強いんです!!　それにそれに、剣が見えないんです!!　ズバンッって感じで！　ザシュッて……」

急に熱く語り出したアウラを、三人はぽかんと見つめた。

あ。と興奮気味に語っていたアウラがその様子にようやく気がつき、恥ずかしそうにどんどん身を小さくしていった。

「ええっと、そ、それで。アロンソさんが考えたやり方をやっていただけないかとお願いにやって来たんです」

うむ、とロロールはにこやかにうなずいた。

「ルカンタのような町が増えるといいですな。お安い御用です。ぜひ、協力させてください」

「あ、ありがとうございます！」

三人は立ち上がってロロールと握手をがっちり交わした。

商業ギルドに損がないように、とアロンソがシステムを考案したことと、アウラの存在が大きかったようだった。

ロロールが見送りに立つと、扉からアロンソ、アウラが先に出ていく。

ヴァンが出ていこうとすると、声をかけられた。

「ヴァン殿」

「ん、まだ何か？」

ぺこり、とマスターは頭を下げた。

「アウラ姫をよろしく頼む。あの方は、エスバル王国国民の希望となるお方だ」

「言われずとも。俺が仕える主君でもある」

「ロズワーズも、ルカンタの町のようになれるだろうか？」

「いつまでと約束はできないが、俺が存在する限り、いずれまた人間の世界に戻る。それだけは約束しよう」

「まったく。良い目をする良い男だ」

「さあ、どうだろう」

肩をすくめ、ヴァンも部屋をあとにした。

こうして、ヴァンたちは商業ギルドのマスターに協力を取りつけたのだった。

剣聖と赤髪の少女

商業都市ロズワーズは夜でもにぎやかで、店の前を通り過ぎていくたびにアウラが目移りしていった。

「姫様、夜は盗賊や魔物対策で門は開きませんので、出立は明朝となります。私がよく利用する宿がありますす。今日はそこで休みましょう」

アロンソがその宿の場所を教えてくれると、ヴァンに一万リンの金をくれた。

「では、先に私は宿へむかいますので」と言い残し、アロンソは通りを曲がっていった。

「と、と、ということは朝まで自由時間ですか？」

「そのようだな」

ぱあ、とアウラが表情を輝かせ、人差し指を振った。

「あっち！　さっきあちらにあったお店で、珍しい食べ物を売っていました！　行きましょう」

ヴァンが何かを言う前に、アウラが手を引いて歩き出す。

「アウラ、はしゃぐのは構わないが、あまり大声を出すのは感心しない」

「は、はしゃいでませんっ。ただ、王都とルカンタ以外の町を知らないだけなんです」

「う、うぅ……お財布に一〇〇〇リンほど……。こんなことになるなら、お小遣い全部持ってくればよかったです……」

「金はあるのか？」

行きがけに見かけた売店の食べ物の値段からして、一〇〇〇リンではすぐに底をついてしまう。

アロンソがヴァンに握らせた金は、そういうことだったらしい。

ルカンタ以上に大きな町ということもあり、魔族が発する魔力を周囲から感じる。

気が済むまで付き合ってやりたいが、面倒事を避けるほうが重要だろう。

「お嬢ちゃん、お嬢ちゃん」

通りに座り込むローブをまとった老婆らしき女が手招きした。

アウラが自分を指さす。

「は、はい。わたしですか？」

「そうだよぅ、お嬢ちゃんのことさ。恋人とデートかい？」

「こ――こ」

ぼふん、とアウラが真っ赤になった。

「ち。ちが……違います……」

「ごめんよう。目が悪くってねぇ。このババに、何か恵んでくださらんだろうか……」

ぶんぶん、と首を縦に振ったアウラは、悲しそうに財布を取り出した。

「これしか、ありませんでした……」

なけなしの一〇〇〇リンを持ってアウラが固まる。

「なら、あげなければいい」

「そういうわけにはいきません。――観光は、また今度ですっ」

「だそうだ。よかったな、女」

「……親を亡くした腹を空かせた孫が、家で待っておるのです……明日のスープも飲めぬようなありさまで……」

「んんん、とはいえ、わたしはもう服か靴しかありませんし……馬はルカンタの町の物ですし……」

我が主人は、乞食に身ぐるみはがされてしまいそうだった。

一度なら許そうと思ったが、二度目からはさすがに看過できない。

「おい。女。騙すのはいい加減にしろ」

「……」

「え？」

「暗いのに、離れた場所からアウラが少女だとわかったから、目は決して悪くない。耳を澄ませば、声音を変えているだけで、声は若いことがわかる。老婆なら手の甲にあるだろう皺もほとんどない。夜だからと詰めを甘くしたな」

「――ッ」

ばっと立ち上がった女が、アウラに突進していく。

間に割って入ったヴァンがローブを摑み投げ飛ばした。

地面に叩きつけられたときに、目深にかぶっていたフードが脱げる。

「んきゃ!?」

「アウラの親切心に免じて一度は許した。が、それ以上は許容できない。欲をかいた罰だ」

「いったぁ……。なんだよぉ、くっそう。最初からバレてたのかよ」

現れたのは、物乞いの老婆ではなく、年頃の少女だった。

赤い瞳と活発そうな短めの赤髪をしている。投げた印象だと、体重は背丈以上に軽かった。

「お、おばあさんじゃない――」

「あーもう、バカっぽいからもっとふんだくれると思ったのに」

「ば、バカっぽい……」

遠慮容赦ない評価に、ずーんとアウラがへこんだ。

ヴァンが摑んだ胸倉を離すと、少女は手を使わず身軽に起き上がる。

ほう、とヴァンが感心していると、少女は砂埃を払った。

「あんたたち何? 見かけないけど。他所の人?」

「所用がありここに来た。ちょっとした空き時間があったため観光がてら町を歩いていたところだ。

おまえこそ、こうやって人を騙して生活の糧を得ているのか?」

「ま、そんなとこー」

それぞれが自己紹介をすると、少女はメイと名乗った。年は一四らしい。

「家族は？」

「？　そんなのいたら、こんなことやってないって」

「変装できるのは老婆だけか？」

「ううん。男もおっけー。声音だって変えられるんだから。『やぁ。お嬢さんたち、こんばんは』」

「あっ。すごいです。男の人の声！」

手品を見せられたかのようにアウラが手を叩いた。

確かに、さっと言われると成人男性の低めの声だ。

「子供に化けるのは背丈の関係上無理だけどね。……って、何、いっぱい訊いてきて」

メイは怪しげに目を細めた。

つかつかと歩み寄ったヴァンは、ボロのローブを勢いよくめくる。

「ひゃ!?」

ぺたぺたぺたぺたぺた。

肩、腕、胴、腰、首回り、胸、背中、ヴァンは遠慮なく体を触っていく。

「な、なななな、なな、何すんだよっ」

「余計な脂肪もなく筋肉質……さっきの動きからして体も柔らかいだろう」

「う、うるせえ！　ど、どうせ胸は小せぇよっ」

「お、女の子の体をそんなに触ってはいけませーんっ！」

ぺたぺたぺたぺたぺた。

やはり遠慮はなく、今度は下半身を触っていく。

「なな、何すんだよっ、変態！　くすぐったいだろ、やめろよ、バカっ」

「ん。尻も余分な脂肪がない。引き締まった太ももにふくらはぎ……しなやかな筋肉だ」

「ぺたぺたするのはやめなさぁーいっ！」

アウラが叫んでも、ヴァンの吟味は止まらない。

うんうん、と品定めするように確認していた。

「あんた何だよ……!?　あ。さ、さては、ウチに惚れたなー？」

メイの恥ずかしさを紛らわす一言は、倍になって返された。

「ああ。惚れた。おまえが欲しい」

「え。惚れ……え？　うぇえええええええええええええ!?」

何度も瞬きを繰り返すメイ。アウラはというと、カチーンと固まってしまった。

「俺の町に来い」

「そ、そそそ、そんな強引なぁ……ま、まあ？　でも、ヤじゃないけど……」

髪の毛を指にくるりんくるりん、と絡ませながら、もじもじとメイが照れる。

「乱暴しない？　ひどいことしない？」

「しない。約束しよう。おまえの生活は俺が責任をもって保証する」

「こ、これマジのやつじゃん！　い、行く！　ウチ、あんたについて行くっ」

変装能力に身体能力、諜報員としてこれ以上ない人材を見つけた。

「ん。今後の情報収集において重要な戦力が増えた。感謝する。出立は明朝。門で待て」

「ヴァンはウチんち来なよ。ボロ家だけど、いいでしょ?」

「構わない。俺が行くとなれば、自動的にアウラも同行することになるが」

「んー。ま、いいよ。あんた、ウチの旦那の連れだもんな」

いまだに固まったままのアウラを置いて、話だけがどんどん進んでいった。

メイ宅で一夜を明かすことになると、生気の抜けたアウラの手を引いてヴァンはメイの家へお邪魔した。

一夜明け、預けた馬小屋の前でアロンソと合流した。

「ヴァン殿、昨日は宿へ来られませんでしたが……おや。この方は?」

「町へ連れて行くことになった娘だ。貴重な戦力となる」

「ウチ、メイ。おっちゃん、よろしくなー」

いえーい、な感じでメイがピースサインして、ヴァンの乗った馬の後ろへ乗ろうとすると、ぐいっとアウラが鬼気迫る顔つきでメイを引っ張った。

「メイさんの乗る馬は、こっちです」

「それあんたの馬じゃん。三頭だったら、誰かが二人乗りしないと」

「ですから、わたしがヴァンの後ろに乗ります。これでぴったりです」

頑として譲ろうとしないアウラを見て、事情を察したアロンソが大笑いをする。

「だっはっは。なるほど、なるほど。そういうことですか。姫様も大変ですなぁ」

「姫様？」

「そうですっ。わたし、エスバル王国の王女なんです！　だから王女権限をここで使います！」

「ドヤ顔で権限とか言われても。あんたが誰でもウチには関係ないし」

「きぃ！」

「てか、あんた、恋人でも何でもないんでしょ？」

「ぅぅぅ……それはそうなのですけど……」

涙目でうじうじしはじめたアウラを見かねて、ヴァンが腕を引っ張り上げ自分の後ろへ乗せた。

「時間の無駄だ。アロンソ、行こう」

「はっはっは。ヴァン殿も難儀なお方だ」

仕方ねーな、と余った一頭にメイが乗り、一行はロズワーズをあとにする。

難なく馬を乗りこなしたメイは、馬術は牧場で仕事をしていたときに覚えたそうだ。

ぎゅに、とアウラがヴァンの背にくっついた。

昨日、ヴァンがメイを触りながら脂肪の有無を確認したあと、『惚れた』と言ったことが、アウラはずいぶんと気になっていたらしい。

「わたし、ちょっとだけプニプニしちゃってるところがあります……」

「？」

「帰ったら、がんばってダイエットをします……」

「⁇」

ヴァンにはさっぱり意味がわからず頭の上に疑問符を浮かべていると、メイが馬を寄せてきた。

「ちょっと姫さん、くっつきすぎ。余分な脂肪を当ててヴァンを誘惑すんなよー」

「誘惑なんてしてませんから。痩せぎすより、女の子はちょっとプニッてしているほうが可愛いんです」

「誰がちっぱいだ。ウチは痩せぎすじゃなくて筋肉質だから。ヴァンはそっちのが好みなんだよ」

「ち、違います。……たぶん」

根拠なく反論すると、後ろでアウラがため息をついた。

「はぁ……。大人のシエラさんが来たと思ったら、今度は口の悪い年下の女の子が……」

「姫様も大変ですなあ」

アロンソが馬上でまた大笑いをした。

剣聖と魔族の次なる手

「ジョンテレ、二日経ったけど帰ってこないねー。エウベロア様、どうするのー？」

かつて、ルシージャスを治めた領主の館にビスケはいた。

執務室にある机に座り、足をぱたぱたさせながら首をのけぞらすと、エウベロアが逆さに映った。

大戦時、エスバル王国を滅ぼす殊勲を上げた武闘派魔貴族の一人、エウベロア。

本国から送られてきた大魔貴族が旧王都を治めているため、今は田舎の西部地方ルシージャス周辺を治めていた。

エウベロアはため息をつき、低いハスキーボイスで唸った。

「ビスケちゃんが、もっと早くこのことをワシに告げていてくれれば、部下を失うこともなかったろうに」

「ごめんねー。だってぇ、ジョンテレが言うなって言うからー」

「功に逸ったバカめが」

「魔騎士レガスも、ルカンタに送って行方不明、ジョンテレも数十人の下級《ざこ》と一緒に行方不明～♪大変大変～♪」

歌いながらビスケが体を揺らす。

ひっくい声でエウベロアも調子を合わせた。

「行方不明～♪　大変大変～♪」

「大変大変～♪」

「う、歌っている場合ではなかったたっ!?」

「ビスケちゃん、わかっちゃったー。エスバル王国戦で、戦功第一位だったエウベロア様が、どうしてこんな辺境の地に左遷されてるのかー」

「ワシは与えられた地で、与えられた任務をまっとうするのみ」

渋顔で、低い声で決めるエウベロア。ぼそっと目の前に座る小さな妖精につぶやいた。

「……ビスケちゃん？　左遷って言わないで」

「絶対絶対、エウベロア様の頭が悪いからだよぉー。だからぁ、本国から来た魔貴族に総督閣下の座を取られるんだよー」

キャハハ☆　と笑って、ひらひらぁ～と宙を飛び回った。

容赦ない指摘に、ピシャーンッ！　と雷に打たれたかのような衝撃を受け、エウベロアは固まる。

「それでぇ、ルカンタどうするのー？　偵察？　殲滅？　放置？」

「ビスケちゃん、話の腰を折ってスマンが、年頃の妖精が飛び回るのに丈の短い服を着るのはいかがなものかと思う。……そう、率直に言うとパンツが見えそうで、ワシ、超気になる」

渋い顔つきで、ビスケのひらひらに夢中だった。

「すっごい見てるー。……ちらっ」

「ぶっ!?」

「ビスケちゃん的には、放置してもいいんじゃないかなーって思うのー」

「……それは何故だ」

ぐいっとエウベロアは鼻血をぬぐって尋ねた。

「だってだってぇ。攻めてはこないでしょー？　田舎町でささやかに暮らしてるだけなら、魔族の脅威にはならない――」

「だが、ワシの部下、レガスをやった存在は見過ごせぬ。今はよくとも、いずれ脅威になる可能性もある。それに町の噂が広まれば、他のニンゲンどもが希望を持つ。戦えば魔族に勝てるかもしれぬ、とな。」

「あれ、ジョンテレの仇はとらないのー？」

「あいつはよい」

「キャハハ☆　ジョンテレってば、『行方不明』になってもダサーイっ」

「町の情報をもたらした行商人は？　彼奴《きやつ》を呼べ」

「家族もろとも、いなくなってたんだってー」

「拘束しておらぬのか……!?」

「だってぇジョンテレが、どうせ町を滅ぼすからもう用済みだって、キャッチアンドリリースっ☆」

あのバカめが、とエウベロアは再び大きなため息をついた。

「だが、今回は侮らぬ。我が配下で二人の偵察者を選抜し、ルカンタに送る。町の外部より様子を監視させよう。万一があっても、片方が戻れるであろう」

「大丈夫かなー？」

「配下でも選りすぐりの者だ。きっと成し遂げてくれるであろう」

「そぉかなー？」

「頭も腕も、レガス並みのワシ自慢の部下である。心配は無用ぞ」

「そういうセリフを聞くたびに、ビスケちゃん、どんどん不安になるんだけどー？」

◆　◆

商業都市ロズワーズからルカンタへ帰還中、ヴァンは魔族の気配を察知した。

メイへ馬を寄せていき、背後にいるアウラをメイの後ろへ乗せた。

「ヴァン、どうかしましたか？」

「ああ。魔族の気配だ。これを殲滅する」

「ま、町に魔族が――？」

「いや。町より少し離れている。畑のほうだろう。アロンソ、二人を頼む。それとシルバにこのことを伝えて不測の事態に備えてほしい」

「わかりました！　ヴァン殿、ご武運を」

「運で魔族を殲滅しているわけではない。武運など不要だ」

　ヴァンは進路を変え三人から離れた。

　かなり遠くには、武装した魔族が二人いるのが見え、そばにある道具小屋の陰に、小さな男の子と女の子がいる。

　魔族たちは、実った作物を引き抜き、そのままかじっていた。

「偵察って言われたが、町を監視しろって、なんにも起こんねえじゃねえか……」

「いやいや。起こるぜ、起こるぜ。こうしてりゃ。アイツらは、自分たちで作ったモンを荒らされるのを嫌がるからよォ」

「ボリボリ食ってりゃオッケーってことかァ……にしても、暇――いでッ!?」

　大粒の石が魔族に直撃した。

「た、たべないで！　わたしたちがつくった野菜！」

「リーン、だめだよ、あいつら魔族だよ」

　リーンと呼ばれた小さな少女を男の子が引っ張った。二人とも陰から見ていたが、リーンが我慢できず石を投げつけたのだった。

「んんんだよ、ガキじゃねえええぇぇえかァアア！」

　石をぶつけられた魔族が怒りで声を荒らげる。もう一人はその様子がおかしいのか、ギャハハハ、だっせー、と笑っている。

「何してくれてんだクソガキがァアアアアア――!」

「「ひぃっ……」」

「ガキ相手に何キレてんだよォ。直接殺しちゃつまんねえだろうー?」

「あぁ?」

もう片方がニヤつきながら、火炎属性魔法を発動させる。

「畑と野菜が大事なんだもんなぁー?」

指先ひとつで放った魔法が、轟音をあげ畑を爆散させた。

「か、かえせ――わたしたちの畑」

泣きながら訴えるリーンの姿に、魔族二人が爆笑をはじめた。

一人がリーンの腕を取った。

「今度は、テメェの腕がああなる番だ」

「リーンをはなせっ」

「お父さんとお母さん呼びに行ってこいよー? こっちは偵察しろって言われて暇してんだ」

「腕が爆発するまでー、あと一〇秒。それまでに呼んで来たら離してやんよォ」

「ニンゲンのガキは駆けっこってやつが好きなんだろ? 早く行けよォオオ!」

「九、八、七、おいおい早く行けよ、腕が吹っ飛んじまうぞー? ギャハハハ! 六、五――」

きゃ、と小さな悲鳴が上がると、カウントダウンが止んだ。

「ギャァアアアアアアア!?」

「ギャーじゃなくて、ちゃんとカウントダウンし……」

見ると、少女は地面で尻もちをつき、魔族の片腕が畑の跡地に落ちたところだった。

どうにか間に合ったヴァンが安堵の息をひとつつき、魔族をにらんだ。

「貴様らもお父さんとお母さんを呼んでくるか？」

「ニンゲンンンンンンンンン！　オレの腕ををををを――ッ」

「安心しろ。腕以外もああなる」

白刃が煌めき、まず胴体が斜めに分離した。

返す刀で、もう片方の腕を骨ごと切り裂き、脇から首下にかけて振りぬく。

攻撃の概念の上を行く斬撃という名の現象。

圧倒的な剣速と剣圧は、倒れることすら許さなかった。

返り血をすべてかわすと、二人の子供を抱きかかえ小屋の陰へ連れて行った。

瞬時に味方がやられたことを理解した魔族が、魔力消費をはじめた。

「吹き飛びやがれぇぇぇエェエエえぇえ！　エクスプロード!!」

「相変わらず魔法名を言うんだな。なんだそれは、流行りか？」

畑を大穴にした中級火炎魔法が放たれた。

「つまらん」とたったひと言。

それと、気だるそうに振った剣の風圧で魔法をかき消した。

「は――!?　に、ニンゲン風情が魔族の魔法をッ！　ありえない！」

「駆けっこは好きか？　一〇秒やる……俺から逃げてみせろ」

「舐めるなァアアアアアアアアアアアアアア!!」

逆上した魔族がありったけの魔力を込めて、火炎魔法を撃ち続ける。

ヴァンは一切寄せ付けない。

ことごとく完封した。

「どうして――どうして戦力差を理解できない。一〇秒も猶予があった。それだけあれば仲間に情報を伝達できただろう。それすらもしようとしない。魔族はどこまで劣化しているんだ。……逃げない、ということでいいんだな――？」

言葉にならない何かを絶叫しながら、死力を尽くして魔法を撃ち続ける魔族。

「武人として、その覚悟にだけは敬意を払ってやろう。――綺麗に逝け」

音もなく風も巻き起こらない、恐ろしく洗練された一撃が閃く。

斜めに斬撃を刻まれた魔族は、事切れて静かに倒れた。

ヴァンが小屋へ戻ると、子供たちが抱きついてわんわん泣き出した。

「立ち向かった勇気は誉めよう。だが、無謀と勇気をはき違えるな」

小言も泣き声であっという間にかき消され、ヴァンは肩をすくめた。

二人を連れて帰り魔族を倒したことを伝えると、臨戦態勢だった町に安堵感が戻った。

泣き止んだところに、心配していた親から説教を食らった子供たちは、また泣き出した。

「ヴァンさん、本当にありがとうございました……」

「ん。勇敢で正義感のある立派な子たちだった」

それから、何度も何度も感謝されたのだった。

剣聖と廃村

アロンソの一家を受け入れてから数日。

どこかでその話を聞きつけたのか、それともアロンソ一家がむかう先を見ていたのか、ルシージャスからの移住民が増えてきていた。

「たっだいまー！」

あたりはもう薄暗くなったころに、元気よくメイがシルバ宅へ帰ってきた。

「ん。帰ったか」

「おかえりー」

「おかえりなさい」

テーブルの席についた面々が挨拶を返すと、シルバが難しい顔をして眉間を突いた。

「ヴァン。教えてくれ。おまえが来てからというもの、私の家で暮らす年頃の女性が増えているんだが」

「なぜだろうな」

心底わからないような口調でヴァンは小首をかしげた。

「メイちゃんは、どこ行ってたの？」

「ヴァンとオッサンの指示で、ルシージャスに行って帰ってきたんだ」

「お、オッサ……」

「シルバ、諦めろ。客観的には間違いなくそうだ」

「ヴァンは本当に容赦ないわね……」

気の毒そうにシエラが言うと、同情するようにシルバの肩を叩いた。

「で。首尾はどうだった」

「うん。色々話を聞いてみたけど、やっぱし、ルカンタに魔族がいないっていうのは、奥様連中の間では話題になってたよ。受け入れもしてくれるから、ウチはいつ移住しようか、とかそんな話がいくつか聞けた」

「この町のことは、そんなに有名になっているんですね」

アウラはどこか誇らしげだが、シルバの表情は晴れない。

「アウラ様。ルカンタの空き家には限りがあります。数年前に魔族に殺されてしまった者たちの家に今は案内していますが……それがいつまでできるか」

むう、とシエラがゆるく腕を抱いた。

「どこかに別の受け入れ先を作んないと、ルカンタが人で溢れちゃうってことか……」

「ん。食料の問題もある。アロンソが手配してくれた物資の定期運搬では賄えない部分も出てくるだろう」

名案が閃いたメイがぱちん、と手を合わせた。

「他所者はシャットアウトすりゃいーじゃん。問題解決！」

「ダメです！　魔族が嫌で逃げてきているのに」

「なーんだ。そうすりゃ、ウチとヴァンは空き家で一緒に暮らせるのにー」

「ヴァンはそんなことしませんから」

「どうしてそこで姫さんが口出ししてくるんだよ。てか姫さん関係ねーじゃん」

アウラとメイが睨み合っている。

あれ以来、口を開けばお互いが突っかかる、ケンカ友達のようになっていた。

「じゃ、あたしとヴァンで、森にあるあたしんちで一緒に」

「むう……」

悲しそうに眉を下げるアウラを見て、シエラが冗談だってば、とからから笑った。

それから、ふっと真面目な顔つきになった。

「ねえ。受け入れ先って……廃村……とかでもいいのかしら？」

すぐに何のことか連想できたシルバが膝を打った。

「レバンテのことか。確かに、距離はルカンタからも近い」

ヴァンがどんな町かシルバに訊くと、敗戦直後、周囲の見せしめのために、魔族によってめちゃくちゃにされた村らしい。村の住人は殺されるか逃げるかしており、以来七年以上誰も住みついていないそうだ。多少改修すれば住める家もあるとのことだった。

「まだ移住民で溢れるということはないが、近いうちにそちらへ移すことになるだろう」

と、シルバ。

「だが、本当に住めるのか調査が必要だろう」

「はいはい。じゃあ、ウチとヴァンでそのナントカって村に行ってくるよ」

それを聞いたアウラが、すっとキレイな挙手を見せた。一点の曇りもない、聖女のような顔つきをしている。

「……」

一緒に行く、と主張している。

「「「…………」」」

みんな、何も言わないアウラをただ見守っていたが、言わんとしていることは理解していた。

「そういえば姫様、前にあたしに言ってたでしょ？　あれの練習をしたいって。ちょうどいい機会だからどうかしら？」

シエラが席を立ち、ちょいちょいとアウラにむけて手招きをする。

「あ。それもそうですね！　実はわたし、基礎をこっそり……」

と言いながらアウラを先に部屋から出すと、三人をシエラが振り返り、うん、とうなずいた。

ヴァンもシルバもメイも、同じようにうん、とうなずき返した。

シエラ、グッジョブなのだった。

「ヴァン、メイ、調査を頼む。長引かなければ、半日もかからないだろう」

そういうふうに話はまとまった。

ヴァンとメイは翌日、アウラがまだ起きない早朝にシルバ宅を抜け出し、町をあとにした。

シルバにもらった地図を頼りに、馬を走らせること数十分。

それらしき村についた。

街道から外れた場所にあり、来る途中に荒れた畑がいくつかあったから、それはこの村の住人が使っていたのだろう。

丸太で作られた柵はボロボロで、場所によっては完全に崩れていて、血がついているものもある。

家屋は屋根が吹き飛んでいたり、壁が崩れたりと、総じてなかなか雰囲気のある景観だった。

「人が住めそうな家を探せばいいんだよね？」

「そうだ。少々直せば使えそうならそれも数に入れろとのことだった」

他には、水場の有無、畑の有無、防衛のしやすさなどを調べるように、とシルバからもらったメモにはあった。

メイとともに村へ入っていき、一軒一軒確かめていく。

「メイは、戦うことはできるのか？」

「うん。ちょっとした魔物一体くらいなら、ウチ一人でなんとかできるよ」

シャ、といつの間にか準備していたナイフを腰の後ろから抜いて見せた。

「たくましいな」

「生きるためなら何でもやるんだから。元路上生活者舐めんなってーのっ」

「威張るところなのか、そこは」

「当ったり前じゃん」

「ん。俺も見習わなければならないな」

「でしょー」

ツッコミ不在のカオスな会話だった。

中を覗き終わると、終わった場所に住めそうかどうか地図に印をつけていく。

「ヴァンはどうして姫さんに仕えてんの？　王女だから？」

「元々、俺のマスターがエスバル王国に仕えていた身だ。主の仕えていた国なら、俺も仕えるのが道理だろう」

そうなんだ、とメイは言って、続けた。

「ウチね、ヴァンに欲しいって言われたとき、ビビッてきて、もう裏があったとしても別にいーやって思ったんだよね。そんなこと言われたの、はじめてだったから。だから、ウチはヴァンの言うことだけを聞く。それでいいよね」

「ん。構わん。おまえの才能は貴重だ」

「だからぁ、えっちなお願いだってオッケーなんだよ」

「性的に興奮しているということか？」

照れつつも、それを隠すようにメイが、挑発的な眼差しでヴァンを見上げる。

「……だとしたらどうする？」

「ヴルルルルル、ヴォウ！　ウォオオオウ！」

大型の魔犬・ティンダロスが現れた。

体長は人間の大人ほどもあり、鋭い牙を見せ、大きく唸り声をあげている。森で人を食い殺すといえば、まず間違いなくこの魔犬の名があがるほど、狼以上に獰猛な魔物だった。

「あーんもう、なんだよ！　イイ雰囲気だったのに！　クソ魔物めっ！」

納めていたナイフを再びメイが抜いた。

「ヴァン、見てて。ウチだってやれるんだから。足手まといじゃないってところを見せてやる！」

「メイ、足がプルプルしているが」

「べ、べべべべ、別にビビってねえから！　ウチよりもでけえなって思って、ちょっと威圧されてるだけだから」

「ならよかった。しかし、この魔犬と戦うのは得策ではない」

威嚇で吠えまくる魔犬にヴァンが近づいていき、殺気を魔犬にむけて放つ。

「くぅぅぅん……」

すぐにころん、と転がりお腹を見せた。モフモフのお腹をわしわしと撫でてやる。

「よし、いい子だ」

「て、手なずけてるぅぅう!?」

「俺がさっきやった通りだ。わかるだろ」

「内に秘めた殺気を制御し、対象にのみ放つ。これで、この魔犬はしもべだ」

「わっかんねえよ！」

「殺気の制御ってなんだよ!?」

「垂れ流すうちは四流だ。それを一点にむけて放ててこそ一流。……できるだろ？」

「求めるレベル高ぇよ！」

調査を忘れて、メイは大人しくなった魔犬をモフモフした。

「ふへへ。かわいいー」

「ばう、わう～」

その間、群れでこの村に住みついていたらしい魔犬たちが、二人を襲うべくやってきては、ヴァンの殺気の餌食となっていく。例外なく転がりお腹を見せていった。

その数三〇。

「「「くぅぅぅうん……」」」

一〇分もしないうちにモフモフ楽園ができあがり、頼もしいしもべとなったのだった。

剣聖と古代魔法

二人はその後、廃村調査を再開し全部の家屋を調べ上げた。

使い物になりそうな家、改修が必要な物を合わせれば、五〇世帯分は確保できそうだった。

リーダーらしき魔犬がずいぶんとメイを気に入ったらしく、メイを背に乗せて、ヴァンのところまで駆け足で戻ってきた。

「ヴァン、村の外は、こいつらが住めそうな小さな森があった。あとは、開墾する必要のありそうな元農地もあったよ」

「村の中心には、少し古いが井戸もある。魔族への備えを怠らなければ、受け入れ先には十分になりそうだ」

レバンテの村は人の住める村で、復興もできそうだった。

ヴァンはメイを乗せた魔犬の前にしゃがんで、じいっと目を見つめる。

「人間は襲うな。わかったな」

「わう」

森に入ったメイの話を聞くと、元々魔犬たちは森に住んでいた形跡があったそうだ。

廃村だということがわかると、村をねぐらにしてしまったんだろう。

さっそくルカンタの町へメイとヴァンは戻ると、ちょうどシルバ宅へ打ち合わせに来ていた大工のカニザレスとシルバにこのことを伝えた。

「俺の見立てだから、改修がもっとできる家があるかもしれないし、できない家もでてくるはずだ。一度、カニザレスや他の大工たちに見てもらう必要はあるだろう」

五〇か、とカニザレスは少し伸びた白い髭を触った。

「ま、ルシージャスから来た男たちは仕事がねぇやつがほとんどだ。そいつらを使って、オレの部下が二、三人で現場を指揮すりゃ、案外早く改修できるかもしれねぇ」

うなずいたシルバが、地図を指さしながら説明する。小都市ルシージャスに近いのはルカンタのほうだった。

「レバンテ村は、元々貧しい村だったと聞く。魔族側からしてもそれほど利用価値はなかったから見せしめに使われたんだろう。あそこを人間が使いはじめたと魔族に知られても、ここを優先的に攻撃してくるに違いない」

「であるならば問題はないだろう。それに、頼もしい警備兵ができた。今、メイが家の外で戯れているが」

ヴァンが外を見ると、つられたシルバとカニザレスも不思議そうに窓から外を見る。

そこには、メイとじゃれ合っている魔犬の姿があった。

「おいヴァン、外にティンダロスがいるが!?」

「ん。手懐けてある」

「手懐けた!?　あれを!?　というかおまえ、あいつは人を食うぞ!?」

「食わないように躾けた」

「……懐かないはずの魔犬が、お嬢ちゃんとああも楽しそうにじゃれあっているのを見ると、本当にそのようだな……」

感慨深そうにカニザレスがこぼした。

魔族がやってくれれば、魔犬では厳しいだろうが、盗賊や他の魔物なら十分に追い払ってくれる。

「カニさん、それじゃあさっそくだが、レバンテを視察してきてくれるか?」

おう、と言い残し、カニザレスは家を出ていく。

ヴァンが大工たちの護衛と案内をするようにメイに言う。

二つ返事をしたメイは魔犬に乗ってカニザレスとともに去った。

「ずいぶんと急ぐな」

「ああ。実は、深夜にやってきた人たちが十数人いたと今朝わかってな。今日の人たちは、ルシージャスから来たんじゃなく、シエラのように森に潜んで暮らしていた人たちだったようだ」

「町の話がずいぶんと広まっているな」

「アロンソ一家を受け入れてからだ。おそらく、今日の深夜も移住民はやってくるだろう」

一部の男たちは民兵として訓練に参加させているため、兵力の頭数としては数えられる。

だが、家や食料のことを考えると、レバンテ復興は早いほうがいいとシルバは判断したようだった。

行商人のアロンソは、近くの町からここへ来る物資定期便を手配し、それが自分無しで回せるようになると、各町に貯めた金の回収へむかった。だから、当分は町には戻らないとのことだ。

「なあ、ヴァン。ルシージャスを数時間で落とすことはできないか?」

「城内の地図があれば、落とすことだけなら可能だ。ただ、一目散に逃げる魔族のことを考えると、落とした上で完全殲滅は難しい。それに、ルカンタを危険に晒す可能性もある」

シルバはつい口走った言葉を後悔するように首を振った。

「すまない、無茶を言った。君の戦力につい甘えてしまった。単騎で落とすだけでも十分に凄い」

「構わない。それくらいできなければ兵器とは呼べない」

「戦力が整うまで、まだまだ時間がかかる。実用的な魔法が使える者がいればよかったのだが」

「シエラくらいか、今のところは。だが、後方支援の治癒術師だ。前線では戦力にならない」

「移住民に使える者がいないか聞いているが、やはり空振りだ」

人間の魔力は、大気中のマナを取り入れ、それを核として身体的・精神的エネルギーを魔力へ変換する。だから、少し練習すれば誰でも魔力は作れるのだ。

だが、魔法を発動させるのとは話が別だ。

魔法は魔力器官という体内の器官を通じ、現実世界へ発現するが、この魔力器官の大小によって魔法の威力が変わってくる。

魔力をどれだけ作っても、魔力器官が小さければ発現する魔法も小さいのだ。

訓練しても大きくできるような物ではないため、魔法適性の有無は天性的なものに左右され個人差がかなりあった。

これは人間に限った話であり、魔族に魔力器官はない。

魔力生成は人間と同じだが、存在そのものが人間でいう魔力器官であるため、魔法能力は人間と比べるまでもなかった。

「シルバは？」

「魔法はからっきしだ」

「俺もだ。マナがそのまま魔力に変換され、即活動エネルギーとして消費されるようにできている。個体差があるが、俺は魔力器官すらない」

近接特化型ゆえの低燃費設計といえた。

ヴァンの戦闘中の動きを思い出したのか、シルバが肩をすくめて苦笑した。

「見た目は人間にしか見えないが、動きを見れば、すぐに納得がいく」

今後の防衛力を高めるためにも、魔法適性のある人材を発見するのは、急務と言える。

そんなふうに話がまとまり、ヴァンは部屋を出ていく。

アウラとシエラ、メイの三人部屋の前に差しかかったときだ。

人間の魔力反応が中からあった。

「あっ！　できたっ！」

「おお、意外と筋がいいかもー」

アウラとシエラの声だ。

こっそり中をのぞくと、片付けられた部屋の床に魔法陣が描かれていた。

その中にアウラがいて、少し離れたところでシエラが見守っている。

あの魔法陣は、初歩中の初歩である魔力連環の陣だった。

魔力生成、消費、魔法発動までの流れを繰り返し行うためのもので、魔法を使う、ということに慣れない初心者用の魔法陣だ。

「えへへ。わたし、幼いころは家庭教師の先生に基礎をほんのちょっとだけ教わっていたんです。途中で戦争が起きてしまったので、授業は途中で終わってしまいましたけど——」

また陣に手をやりアウラが練習をすると、シエラがヴァンに気づいた。

「おかえり」

「ん。アウラは、魔法が使えるのか？」

「まだまだ初心者だけど、これからあたしが教えていくところ。……発動したときの魔力消費量から して、結構な魔力器官を持ってるかも」

「魔力器官も王族だった、ということか」

「だったらどうする？　前線に駆り立てる？」

「できればそうしたくはないが……」

一生懸命なアウラの横顔をじっと見つめるシエラが、静かに言った。

「やっぱり、自分だけ何もできないってのが、姫様は嫌だったみたいよ？」

「姫であることは、立派な役割だと俺は思うが」

「ううん。そんな難しい話じゃなくて、あなたの役に立ちたくて、ただ必死なのよ」

じゃあね、とシエラが部屋を出ていく。

ふう、と一区切り終えたアウラが息をついた。

「順調のようだな」

「あはは……まだまだ全然です」

『覚えておけば、いつか役に立つことがあるやもしれぬ』

そう言われ、使えもしない魔法のひとつをクロイツに叩き込まれたことがあった。

懐かしさを覚えつつ、ヴァンは一枚の紙に魔法陣と詠唱の呪文を描いていく。

慣れないうちは、魔法陣と詠唱が必要だ、とクロイツはかつて教えてくれた。

肩越しにアウラがヴァンの手元を覗き込んだ。

「これは？」

「俺がマスターに教わった魔法だ。結局俺は使えなかったが、アウラなら使えるかもしれない」

試してみますね、とアウラが魔法陣を上書きし、中へ入った。

先ほどと同じように、魔力生成、魔力消費をはじめると、魔法陣が淡く光りはじめた。

発現する魔法のせいか、アウラの魔力が爆発的に消費されていく。

そして、詠唱に入った。

「不可侵なる神王の守護、異を阻め――『魔障壁《インベンシブル》』」

バリ、と青白い膜がアウラの前方を覆う。

アウラが驚いたせいで魔法はすぐに消えてしまった。

「きゃ。な……何ですかこれ……!?」

「魔法障壁だ」

「まほーしょーへき……?」

「魔法、物理を問わず攻撃をガードする魔法だ」

「何ですかそれ……何ですかそれぇえええええええ!?」

「知らないのか?」

「知りませんよ、知らないというか、こんな魔法があるなんて、わたし聞いたことないですよっ」

「俺に教え込むくらいなのだから、一般的な魔法だと思ったのだが……違うのか?」

ぶんぶん、とアウラは首を振った。

教えたはいいが、現代には存在しない魔法だったらしい。

剣聖と次なる一手

「何この魔法……。あたしにはちょっと無理かも。属性は？」

魔法陣に魔力を注ぐのをやめたシエラが顔を上げると、ヴァンは首を振った。

「わからない。俺は発動方法を教わっただけだ」


翌日。

シエラとヴァンは、町の空き地にやってきていた。

アウラと同じように、魔法が使えるシエラが試してみたが、魔力器官の関係と魔法属性の違いによって発動することはなかった。

アウラはというと、魔法の反動が強く、使用後はへたりこんでしまい今日は初歩の訓練を家でしている。

「あたしは一応、貴重な貴重な聖属性なんだけど、少なくとも聖属性じゃないみたいね」

「同じ属性でないと発動しないのか？」

「ううん。そんなことないわよ。多少違っても、魔力器官――いわゆる魔法の才能ってやつがあれば、発動できる。姫様は魔力の色からして、氷水属性なんだけどねー。ヴァン、他に何か覚えている魔法はない？　あたしも、何か覚えたいんだけど」

シエラも町でただみんなの帰りを待つのは嫌なようだ。

「教わったのはあれだけだ。力になれずすまない」

「ううん。いいの。あたしもみんなの手伝いができたらいいんだけど」

「シエラは、貴重な治癒魔法が使える上、創薬もできる。みんなが安心して暮らせるのは、おまえの働きによるところが大きい。気に病む必要はない」

「あ。もしかして、慰めてくれてるの？」

「そんなつもりは……」

うりうり、とシエラに頭を撫でられた。

「ありがとね」

「本当のことを言っただけだ。……しかし、魔導書の類いはないのか？　そうすれば、シエラも使える魔法が増えるんじゃないのか」

「ああ、それね。敗戦後は、魔族が厳重に管理してて、人間の手が届かないところに保管されてるって話よ」

「魔族はよっぽど人間の戦力を削ぐのが好きらしいな」

「力でねじ伏せてもいいけど、人間を殺し過ぎると生産力が落ちちゃうからねー。魔族のお偉いさんは、意外とそういうところもきちんと考えてるみたいよ？　だから、反乱に繋がる武器の売買は禁止したし、医薬品の流通は最低限に制限しているし、魔法のいろはが書いてある魔導書も自分たちで全部管理している」

ヴァンの知る当時より力はずいぶんと弱くなったが、その分知恵が回るのかもしれない。

アウラが今やっている訓練は、昔シエラが師匠に教わったことをそのまま教えているそうだ。

「人間側の主力だった魔法使いたちは、危険人物としてほとんどが殺されてしまったみたい。現状、魔法を教えられる人間はいないし、本も手元に残ってないのよ。あたしは、森に引きこもっていたからこの程度しか知らないけど」

敗戦直後に魔導書という魔導書は、魔族によって取り上げられたり、利用価値がなければ燃やされたりしたという。

世間ではこれを『魔法狩り』と呼んでいるそうだ。

シエラは隠しきったが、実用レベルの魔法が使えるとバレれば、魔族に確実に殺されるという。

現在は、素質があっても能力向上の訓練はできないし、教える人間も教材もないため、魔法使いはほとんどいないらしい。

どこで魔族に自分のことを知られるかわからないため、魔法を使えたとしても、公言は絶対にしないそうだ。

シエラは再度魔法陣に魔力を流す。アウラの魔力は水色だったが、シエラは半透明の白色だった。

パチッ、と爆ぜるような音がして、魔法陣を伝った魔力が掻き消えた。

「もうー。あたしだって珍しい魔法使いたいのに」

んもぉー、と牛のような声を出してシエラは悔しがった。

「昔、魔導書は、都市の図書館にあったが、今は違うのか？」

国公認の実力のある魔法使いたち——通称ライセンス持ち——が、当時いつも通っていたのを覚えている。

「敗戦前はそうだったわよ。けど、そのあとどこにあるのかはわからない。……姫様に才能があるとしたら——。いや、あの魔法を初見で発動させられるのなら、才能は確実にある」

魔導書があれば、アウラが使える魔法の幅は広がるだろう。

それは、戦力が大幅に上がることを意味している。

「シルバは反対だろうな」

「でしょうね。あの魔力訓練も、ちょっと嫌そうだったもの」

姫としての振舞いを見せ、町民を安堵させるだけで十分なのだが、アウラはそれだけでは嫌だという。

シエラも町の診療所で薬を作ったり怪我人を治したりするだけで十分なのだが、それだけでは嫌なのだという。

二人の要望には最大限応えてあげたいが、あの魔法しかヴァンは覚えていない。大賢者に他にもっと教わっておけばよかったと少し後悔した。

「ヴァーン。こんなとこにいたのかよー！」

たたたた、とメイが走ってきて、正面からヴァンに抱きついた。

「どっか行くんなら、ウチにも声かけてくれよなー？」

「ん。今度からはそうしよう」

「廃村から帰ってきて、妙に仲良くなったわね、あんたたち」

ははーん、とメイが目を細めた。それから脇にそれて、独占していたヴァンの胸を少し空けた。

「はい。ここ。ねーさんの分」

「え。あ、あたしは別にそういうことが言いたいんじゃなくって――」

「俺は構わん」

「だってさ」

「え。ええ……けど、白昼堂々っていうのは、ちょっと……」

頬を赤らめながら、周囲を確認するようにあちこちへシエラは目をやった。

「ねーさんが照れてる。イイ大人なのに」

「イイ大人だから照れるのよ――って！　からかったでしょ、今！」

恥じらい紛れに怒ってみせると、けらけらと笑いながらメイがヴァンの背中に隠れた。

「そうだ、メイ。ルシージャスに入ったときに、図書館があったと思うんだが、そこらへんは調べたか？」

「噂の聞き取りや聞き込みだったからなぁ、どうだろう。ただ……一か所だけ町の中でヤバい場所があった。人間がちょっとでも近づいたら即殺す、みたいな雰囲気を魔族の見張りが出してた。さすがにウチも、下手打ったら殺されると思ったから近寄らなかったけど」

小枝を使って簡単な地図をメイが地面に描いてくれた。町の北側。領主の館があった丘にほど近いあたりだという。

下に垂れそうになる髪の毛を押さえながら、シエラが覗き込んだ。

「その位置……うん、間違いなく図書館よ」

「シルバに一旦相談するべきだろう。今後のことを含めて」

そうね、と真剣な顔をするシエラ。

途中から話に入ったメイは不思議そうに首をかしげた。

三人はシルバ宅に戻り、午前の訓練帰りのシルバを捕まえた。

シエラが事情を説明しはじめると、シルバは困ったように眉間に皺を作り目をつむる。

「……図書館にある魔導書、か……」

念のため、ヴァンが補足した。

「魔導書を持ち帰れば、こちらの戦力、もとい防衛力は向上する。最前線にアウラを立たせるためではない。それは理解してくれ」

「わかっている。……だが」

「ああ、魔族が厳重に警備している図書館を襲い、魔導書を奪えば、反乱の意思ありということを大々的に魔族に示すことになる」

「ルカンタには、正面からやり合えるような力はない……」

ヴァンが魔族を殲滅するために攻め込むのと、町全体を守ることでは、勝手がまったく違う。

もし全面的に戦うことになり、ヴァンが戦っている間、別の魔族に人間が殲滅されるかもしれない。

攻め込む瞬間は、慎重を期す必要があった。

悩ましげなため息をシエラがついた。

「ルカンタは見張りの魔族がいないだけの町、って感じだから、今は様子見だったり見逃されていたりしてるんでしょうね……」

シルバも同じ予想らしく、何度かうなずいた。

「そして襲撃後は、まず間違いなく反撃に出るだろう。ルシージャス一帯の魔族や魔物を動員すれば、むこうの戦力はどれほどの物になるのか……」

「俺は魔導兵器だ。敵を倒すことしか知らない。シルバ、おまえが決めてくれ。この町の人たちだけを守っていくのか。それとも反乱の旗を正式に掲げ、人間を救うことを目指すのか――」

おそらく、先日ヴァンが倒した二人組が戻らないことは、もう敵は知っているだろう。すでに討伐軍を編成されている可能性もある。

シルバが唸っていると、扉が開いてアウラが入ってきた。

「お話は、聞かせていただきました。……わたしは、虐げられる人たちを救いたいです。ルカンタのような町をどんどん増やせば、魔族だって簡単に手出しできなくなるでしょう。みんなを助け、みんなと協力し、みんなで守っていくんです。それに、わたしたちには、ヴァンがついています」

目が合うと、アウラがにこりと微笑んだ。

　しばらく場が沈黙すると、シルバが大きくうなずいた。

「わかりました。やりましょう。しかし、いずれバレるとしても、図書館襲撃は可能な限り騒ぎを起こさず遂行してほしい。全面的に事を構えるための時間がほしい」

「ん。もっともな意見だ」

「ふっふーん。襲撃っていうか潜入でしょ？　ってなればウチの出番だよね」

「この中で一番魔法の知識があるあたしも行くわ。無駄な本を持って帰っても仕方ないし」

「俺も行こう。万一何かあった場合、二人を守れるのは俺だけだ。三人いれば十分だろう。これ以上多ければ行動に支障が出る可能性もある」

　行きたそうにしていたアウラを牽制すると、しょぼんと肩を落とした。

「ですよね……わたしはここで、魔法の練習をしています……お邪魔になってしまうといけませんので……」

「アウラ様、このシルバも留守番ですぞ！　二人きりは久しぶりですな！」

「いえ、それは別にどちらでも……」

　はっはっはー、まったくアウラ様は、と大声で笑い飛ばすシルバだったが、目にうっすら涙が浮かんでいた。ちょっとショックだったらしい。

　うずうずしていたアウラがえいっと抱きついてきた。

「ヴァン、早く帰ってきてくださいね？」

「ん。善処しよう」

「ちょっと姫さん、何抱きついてんのさ」

ぷくっと膨れたアウラがメイを振り返った。

「メイさんはいいじゃないですか。この前もヴァンと一緒で今回も一緒だなんてズルいです」

「ズルとかそんなんじゃねーから。ウチの主はヴァンなんだから、いいだろ別に」

「アウラ様、このシルバの胸が空いておりますゆえ、どうぞご自由にお使いくだされ……」

「いえ、それは別に求めてないので……」

ちーん、とシルバが膝を抱えて丸くなった。

「姫さん、準備するんだから離れなよ！」

「ヴァンは準備が要らないので、まだ大丈夫です！」

はいはい、とシエラが手を叩いた。

「ヴァンの準備は、姫様が決めることじゃないでしょう？　さっさと終わらせて帰ってきましょう？」

年少組女子の視線がシエラに集まった。

「シエラさんまで、メイさんと同じことを……」

「やっぱり、ねーさんもヴァンにぎゅっとしてもらいてーんだな」

「違、そういう意味じゃなくて――」

「珍しくシエラさんが取り乱して照れています」

「照れ照れじゃん」

「怒るわよ！」

あはは、と二人が笑い声を上げた。

しかし、どうしてこうも緊張感がないのか、とヴァンは不思議でならなかった。

　ヴァンに準備をするものは特になく、剣一本を腰に差すだけでよかったが、武器を持っていれば魔族に見咎められ騒ぎになるとメイに言われ、ズダ袋の中にしまいそれを背負うことにした。

　旅人に見えるように、空のズダ袋を用意し中に紙クズやらゴミを詰めて、荷が詰まっているように装った。

　それを持ったヴァンとメイ、シエラの三人は、アウラとシルバに見送られ、ルカンタの町をあとにした。

「いい？　ウチらは家族。他所から旅をしてきて、ちょうど近くで一番大きな町であるルシージャスに立ち寄ったたっていう感じで」

「了解。メイちゃん、手慣れてるわね」

「まあねー。こういうのはお手の物だから。ウチが妹、ヴァンがウチのお兄ちゃん。ねーさんは、お母さんね」

「ん。承知した」

「承知しないでよ。あたしは長女でいいじゃない。そ、そんなに二人と年離れてないし！」

「そうかなぁー？　ウチは一四歳。ヴァンは？」

「製造年でいうなら二〇〇年以上前だが、見た目でいうなら、一六、七だ」

「あ、あたしは……二〇、一歳」

「本当は？」

「………二五」

「え。二〇代だったの？」

ぽかん、とシエラがメイを殴った。

「いたっ。冗談だってば。本気にすんなよー」

「『ねーさん』っていつも呼んでるでしょ。それでいいじゃない」

というわけで、三人は旅の三兄妹という設定に落ち着いた。

街道を歩き続け、昼過ぎにはルシージャスの町を囲う城壁が見えた。

それほど頑強そうではないが、魔物や盗賊に備えしっかりした壁であることは確かだ。

城門の前で門兵の魔族に止められた。

「おい。何者だ、貴様たち」

「ウチらは、王都のほうからずうっとこうして旅をしてんだ。あんたら魔族がいる町で暮らしたくないからね」

ちょっとメイちゃん、とシエラが小突くが、きっとこう言っておいたほうが、逆に怪しまれないのだろう。魔族に好意的な感情を持っている人間は滅多にいないし、旅をしている口実にもなる。

門兵の下級魔族は、メイの憎まれ口を鼻で笑った。

「どこへなりとも好きに旅をすりゃいい。オススメは山奥だ。オレたち魔族はいねえが、魔物がいっぱいいてそりゃあ騒がしい毎日が送れるだろうな。まあ、魔物がどうこうってより、ニンゲンごときが住めるとは思わねえが」

皮肉っぽく言うと、もう一人の魔族が「違ぇねえ」と大声で笑った。

今すぐ斬りたいが、今回は何か起きて二人の身に危険が迫るまで、無闇な攻撃は禁止されていた。

「通っていいだろう？」

「ああ。通んな」

顎をしゃくって門を指す。

シエラがこっそり安堵の息を吐いた瞬間だった。

「オイ、待て。いけねえ、忘れてた。荷物……何が入ってるか見せろ」

シエラとメイの表情が少し強張るが、目を見合わせてヴァンがうなずく。

シエラとメイのズダ袋を魔族に渡す。

「紙クズばっかじゃねえか。荷物はどうした。テメェらの荷物だ。こんなもん持って、何しに来やがった」

魔族が殺気立った。こんな魔族でも一般人にすれば魔族でしかなく、十分恐怖の対象である。息を呑んだシエラが一歩後ずさった。

「何キレてんの？　何しにって、決まってんじゃん。わかんないの、それ見て」

何的外れなことを言ってんだ、と言わんばかりのメイの態度だった。

あァ？　ともう一度ズダ袋の中をのぞいてゴミでしかない紙クズを広げていく魔族二人。

「ああ、まだここらへんじゃ知られてないのか。王都のほうじゃ、紙クズを使って、それを書いたやつがどういう人間なのか、予想する遊びが流行ってるんだ。ここらへんの町じゃまだ知らねーかな。ウチらはそれを売って旅の路銀にしてるんだよ。あんたらのせいで貧乏旅さ。荷物は着ているこの服くらいでね」

説明を聞いて、もう一度紙に目を落として、魔族二人は顔を突き合わせ小さく首をかしげた。

「ニンゲンってやつは、よくわかんねえな。こんな紙クズでそんな遊びを……」

「もういい。通れ」

はーい、とのん気に声を上げたメイのあとを、ヴァンとシエラも続いた。

「王都ではそんな遊びが流行っているのか」

「んなワケねーじゃん」

けらけら、とメイが笑う。

「嘘だよ、嘘。堂々としてりゃ、むこうは案外疑わないんだよ」

「メイちゃんは、悪知恵は働くのね」

「生きるための知恵って言ってくれよ」

門をくぐると、古い町並みが三人を迎えた。

ルカンタの町よりもどこか品がある煉瓦《れんが》作りの家が多い。

王都を落とされたあと、地方都市のほとんどが戦わず降伏したため、町は敗戦前とほぼ変わりがない、とメイが教えてくれた。

目的地の図書館方面へと三人は歩いていく。

夜逃げをする民が増えてきたせいなのか、それとも元々なのか、通りをウロついている魔族の数は多い。

こっち、とメイが人けのないほうへと二人を案内する。

「前もそうだったけど、ここらへんの区画は、家はあるのに全然人がいないんだ。魔族が常にうろうろしてたし、だからこの先に進むとヤバイかもって思ったんだ」

「図書館があるから……？　人を遠ざけておきたいのかしら」

「それはあるだろう。よからぬことを考える輩が、人に紛れることができなくなる。近づけばそれだけで目立つ」

家はたくさん通り沿いにあるのに、何の気配もしない。三人は目立つ通り沿いを避けて裏の路地を進んだ。

「付近に魔族はいないようだ。だが、ゆっくりと複数が動いている。このあたりを巡回しているらしい」

「今がチャンスね」

メイが描いてくれた地図を元に、裏路地から迂回し図書館裏へとやってきた。

ツタがいくつも壁を這っている陰気な建物だった。

窓のひとつに近づいたメイが、窓ガラスを石で破ろうとするが、そのたびに白い波紋が窓ガラスに広がった。

「あれ……何でだ。傷ひとつつかない」

「メイちゃん。魔法結界が張られているわ。物理的な衝撃を建物全体で吸収させているんだと思う」

「うげ。入れねーじゃん……」

「結界を解くか、結界のない場所から入るしか……」

「シエラ。建物を全壊させられる威力の攻撃を与えればどうなる?」

「それは、たぶん、理論上では結界が破れて、ガラスも割れる——」

説明している最中に、荷物の中からヴァンが剣を取り出し、鞘から抜いた。

「ふッ」

短い気合とともに、剣で窓ガラス目がけ刺突する。

建物全壊以上の威力を持った攻撃がガラスに触れると、バリ、と魔法結界が破れた。

切っ先が容易くガラスを突き抜ける。

ヴァンは入りやすいようにガラスを丁寧に斬っておいた。

「すげ……一発……」

「この手の結界って……対物理最高峰の結界なんだけど……」

先にヴァンが中に入ると、メイとシエラも入って驚き交じりに窓ガラスを触る。

「うわ。切り口なめらか……」

「服や体が引っ掛かって怪我する心配もないっていうことなのね……」

「侵入程度で怪我をしては先が持たない」

「これから何させる気なんだろう……」

不安げにつぶやく二人を気にもかけず、ヴァンは先頭で図書館に入り込み二人もあとに続いた。

「ん？」

ヴァンが不審な魔力の気配を察知し首をかしげる。

すると、廊下から黒い煙のようなものが湧き出ると、それは人の形になった。

上半身だけが廊下から生えているような人型のソレは、顔の部分にある黄色の双眸をギイン、と光らせた。

「うわぁ、なんだよ、アレ」

「魔物……!?」

「落ち着け。ただの敵だ」

「落ち着けないから！」

「影人《シャドウ》だ」

影人は、術者の指示通り動く人形だ。力はそれほど強くはないが、量産できるという利点があった。

豊富な魔力を持つ魔族が得意としている魔法のひとつだ。

「ギィィ――ッ！」

影人の両腕が硬化し、先端が鋭く尖るのがわかった。

「うわっ、こっち来る!?」

メイがヴァンの背中に隠れると、唸りながら接近してくる影人をヴァンは腕を組みながら観察していた。

「魔導書のところまで優しくエスコートしてくれるわけではないらしい」

「でしょうね！　どうするのよ、ヴァン」

「計画通りだ。魔導書を探し持ち帰る」

言った瞬間、ヴァンは爆発的な加速を見せ、迫る影人に接近。

すれ違いざまに、鞘から剣を抜き放つと同時に斬撃を与える。

斬られたことも自覚できない影人は、いつの間にか自分の背後まで移動したヴァンを振り返った。

「……とっとと消えろ」

無防備なヴァンの背中に尖った腕を突き刺そうとし、そこでようやく霧のように消え去った。

ヴァンは呆気に取られている二人を促した。

「急げ。魔導書の保管場所がわからないのなら、手当たり次第に探すしかない」

そばに書庫らしき部屋を見つける。かかっていた錠前を斬り落とし、扉を開けた。

今度は、メイたちのいたほうから影人がむくむくと姿を現した。

「うわ、こっちも!?」

「相手は俺に任せろ。二人は部屋の魔導書を探してくれ」

ヴァンが指示すると、シエラがうなずいた。

「メイちゃん、早く。探しましょう」

メイの手を引いて、ヴァンが開けた扉の中に二人が入る。

「ギィィ……！」

黄色い目を煌々と光らせながら、刃物のような両腕を振り回し接近してくる。同様に、奥からもまた一体が出現。

気づけば、廊下は影人であふれており、ヴァンがいるほうへぞろぞろと迫ってくる。

「ん。なるほど。倒しても倒してもキリがないというわけか」

部屋の中は書庫になっていたようで、二人がああでもない、こうでもない、と言いながら魔導書を探している。

なら、この扉を守るのが自分の仕事だろう。

「ふッ――」

愛剣を一閃させる。

直近の一体は剣速と剣圧で吹き飛ばされ霧になる。その後ろにいた二体に強刃が届きズバンと両断した。

「ヴァン、この部屋にはないみたい！」

メイが扉から出てくると、シエラもやってきた。

「ひえええええ!?　な、何よこの数！」

「どうやら、倒してもそれほど意味はないらしい。すぐに出現する」

「何冷静に分析してんだよぅ」

ぽかぽか、とメイがヴァンの背中を叩いた。

「次の部屋だ。急ごう」

影人を片手間に切り刻んだヴァン。道を切り開き、メイとシエラがあとについてくる。

ギィイイ、と軋んだ鳴き声を上げながら、影人がヴァンたちを追う。

別の部屋の鍵を破壊し、二人に魔導書探しを頼み、またヴァンはわらわらと湧いてくる影人を斬って斬って斬りまくった。

「ヴァン、この書庫もなかったわ！」

額に汗を浮かべたシエラが出てくる。

「ん。次だ」

また影人で埋め尽くされる廊下をヴァンが斬り進んでいく。

「もう、魔導書ホントにあるのかよぉ！」

「有用なものほど破棄されるって話だから、もしかするとないかも……」

「えぇぇぇぇぇ！」

「いや。あるはずだ。でないと、結界を張る意味も影人を配置する意味もない」

ヴァンが影人を倒している間、二人が書庫で魔導書を探す——。

それを幾度か繰り返したときだった。

「この部屋が一階は最後のはずよ」

「となると、二階か……」

ちらっと見上げた。

「階段ならあっちだ！」

またゾロゾロと集まりはじめた影人の奥をメイが指さす。

「行くぞ」

斬り倒すことで、影人のことが詳しくわかってきた。

「ギギギギッ！」

ひょん、と振ってきた刃をかわし、剣を振り抜く。

軽い手応えを残し、両断された影人は霧となって消えていった。

倒したあと、また増えるのは間違いないが、すぐに増えるというわけではないようだ。

多少タイムラグがあることがわかった。

やはり思った通りだった。

粗方倒したあと、一時的に影人は廊下から消え、またすぐに湧いて出てきた。

「上も同じなのかしら？」

「おそらくそうだろう」

「むう、こういうときに攻撃魔法があれば、ヴァンを助けてあげられるのになぁ」

また出現した影人を難なく倒すヴァンを見ながら、メイがぼそっと口にした。

「気持ちだけもらっておこう」

「うんっ」

二階への階段を見つけ、三人は上っていく。

「待って、二人とも！」

シエラの声にヴァンとメイが足を止めた。

「なんだよ、ねーさん。早くしないとあいつらが来ちゃうぞ？」

「足下、魔法陣があるでしょ……？」

「ああ、うん。それが？」

「火炎属性の自動魔法がかかってる」

「もうちょっとわかりやすく」

「ようは、踏めば爆発するってこと」

「なんだよそれぇぇぇぇ！」

足下を見たメイが、ヴァンの背中に飛び乗っておんぶしてもらう。

そこかしこに、手の平よりは少し大きい魔法陣が描かれている。

階段の踊り場からはじまり、廊下、窓――果ては天井の至るところまでトラップ型の魔法陣があった。

「ん。たしかに、見慣れない魔法陣だ。火炎属性の……なるほど。便利なブービートラップだな」

「感心してる場合かよぉ……」

「足下、気をつけてね……」

うなずいたヴァンは、てくてくと気にせず歩を進めていく。

「え、ちょ、早っ!?　大丈夫かよ」

「ヴァン、もっと慎重に行かないと、踏んじゃうわ」

背中にくっつくメイと心配するシエラにヴァンは言った。

「何を言っている。踏まなければ発動しないのだろう?」

「そうだけど……」

「なら踏まなければいい」

簡単な理屈だ、とヴァンは気にせず歩いていく。

「たしかにそうだけど、そういかないから慎重に……って、もう……」

踏めば即死する魔法陣を意に介さないヴァンを見て、シエラがため息をついた。そろーりそろーり、とヴァンが歩いたあとをついていく。

「で、メイちゃんはいつまでおんぶしてもらってるのよ」

「だってさ……ウチ、やっちゃいそうで怖《こえ》ぇんだよ……」

魔法陣同士の位置はかなり近い。

「吹き飛ぶのであれば、誘爆するだろう。誰かがひとつでも踏めば、全員死ぬだろうな」

と、冷静にヴァンが言う。

「それに、ウチがおんぶしてもらってるのは、万一のときは、ヴァンが何とかしてくれそうだからだよ。くっつきたいっていうのもあるけど」

「…………」

「行くぞ」

「だったら！　スタスタ歩くのやめてぇぇえええ！」

涙目になりながら、シエラもそろりそろり、とヴァンが通った場所を歩く。

二階の廊下も同様に階段と同じ罠が仕掛けられていた。

一番近くの書庫を見つけると、影人が廊下から生えてきた。

「うわあっ、出た！　……って、あれ？　あいつら、踏んでも爆発しねえの？」

ヴァンが書庫の扉を開け、シエラが中を確認し入っていく。

「メイちゃんも、早く」

「物理的な存在とは違う、魔力の塊に近い魔法的な存在だからだろう」

「ずっりー、なんだよ、それ」

不満を口にして、メイは書庫へ入っていく。

踏んで自爆するような敵なら、こんな場所に配置されないだろう。それに、爆発されてはこちらも多いに迷惑だ。

少し影人の様子が一階とは違った。

わらわら、と増えるわけではなく、廊下の端でヴァンを見ている。その数四体。

キィイン、と瞳を光らせた影人。

ヴァンは敵の腕の先へ魔力が集まっているのを感じた。

「ギギ、ギッ！」

シュン、と敵の腕から湾曲した黒い刃が八本飛んできた。

「なるほど。足場が限られるここでは、有効な攻撃だ」

敵の攻撃を褒める。そこらじゅうにあるトラップで、身動きが取れない。天井にまで魔法陣を描いているのも、逃げ場を消すためなのだろう。

「が……甘い」

飛来してきた湾曲した刃を、ヴァンは叩き斬る。

「俺は、動かずとも貴様らの攻撃を防げる」

残念だったな、と肩をすくめる。

ばたばた、と室内から物音とメイとシエラの声が聞こえた。

「ねーさん、これは」

「ううん、違う、それじゃなくて――」

「……」

足下の魔法陣を見て、ヴァンはふと疑問に思った。

爆発する上、誘爆は確実だろう魔法陣の配置だ。

図書館にある魔導書を侵入者から守るための手段ではあることはわかる。

二階は至るところに仕掛けられているが……侵入者が誤って踏んでしまったとき、図書館は吹き飛ばないのだろうか。

攻撃を仕掛けてくる二階の影人もそうだ。

あの攻撃が当たれば、人間は倒れて魔法陣の上に転がるだろう。そして大爆発を起こす。

そうなれば、守っているはずの図書館を吹き飛ばすことになりかねない。

「……」

ということは、侵入者対策を過激にやっても大丈夫な場所に魔導書は保管されていることになる。

「侵入するとき、図書館全体に結界が張ってあったな……」

あれと同じものか、別の何かで書庫ないし保管場所を守っているのではないか。

あの結界なら、爆発が起きようが何をしようが、中に影響は出ないだろう。

他の本は吹き飛んでも、魔導書は守り抜ける――。

ヴァンは扉を開けて、中にいる二人を呼んだ。

「わかったぞ、魔導書の場所が」

「嘘!?」

書棚の横からメイが顔を出した。

「正確な位置は不明だが、結界か何かで守られている場所だ。でないと、周囲を吹き飛ばすような罠は仕掛けられない」

シエラが、持っていた本をぱたんと閉じた。

「たしかに……守るはずの魔導書を罠が吹き飛ばすんじゃ、世話ないわよね」

「その場所を探そう」

二階が最上階。地下の有無は、一階にいるときに探ってみたが、それはなさそうだった。

廊下に出てきたところで、また影人の攻撃がはじまった。

「二人とも、俺の後ろに」

メイとシエラを影人から守るようにヴァンは立ち、攻撃を斬っていく。

「シエラ、結界か何かを張っている場所だ。ありそうか?」

「あ。あっち! あの黒いのがいる手前。部屋全体が魔法的な何かで守られている」

シエラが指さしたのは、影人のすぐ手前にある部屋だ。

「ああしてあいつらはあの部屋を守っているというわけか」

廊下を進めば進むほど、魔法陣の密度が高くなる。

ヴァンはそこをジャンプしながら影人に接近し、瞬く間に一掃する。

ゆっくり二人が慎重に歩きながらこっちへ来ていた。

例の部屋からは、図書館に入る前と同じ結界の反応があった。

「当たりだ」

剣を抜いて上段に構え、扉目がけて一気に振り抜いた。

フッと魔法の膜が現れ、ヴァンの斬撃を受け止める。バリッと亀裂が入り、そこからボロボロと崩れていった。

「よし」

罠にかからないようにゆっくりやってきた二人と一緒に中に入った。

舞った埃のむこうには、天井まである高い棚がいくつもあった。

ひとつの棚に何百冊もの本が詰まっている。

室内はかなり広い。

「ありそうか？」

「ないと困るわよ」

シエラの言葉にヴァンは苦笑した。

ヴァンとメイは、本の背表紙を確認し、タイトルをシエラに伝える。

「それ。たぶんそうよ」

魔導書を集めた書庫だったようで、それらしきタイトルの書物はすべて魔導書だった。

分厚い魔導書らしき本は相当数あり、厚さを鑑みれば、ズダ袋ひとつに三〇冊入ればいいほうだ。

中身をシエラがざっと見て、重要そうな本をズダ袋に入れていく。

ヴァンが手を止めた。魔族の気配が近づいている。

「――急げ。巡回の魔族二人がこちらへ戻ってきている」

「待って、まだ三〇冊ちょっとしか――」

「ウチが時間を稼ぐ」

声は緊張しているのに、メイの顔つきがずいぶんと幼いものに変わった。

二人に有無を言わす前に書庫の窓から身軽に飛び降りる。

メイの姿を追っていると、一〇歳ほどの子供の大きな泣き声がする。もちろん声を上げているのはメイだった。魔族二人がそれに気づいた。

「何泣いてんだ、このニンゲンのガキ?」

「オイ、ここには入るなって知らねえのか」

びぇえええええ、とメイが泣きじゃくる。

まだ図書館内部に誰かいるとは、魔族たちも疑っていないようだ。メイが気を引いているとシエラが荷物をまとめ終えた。

「よし、オッケー!」

窓の外に背の高い木を見つける。ヴァンが荷物を背負い、シエラとともに木を伝って下へこっそりと降りていった。

二人は魔族をやり過ごすため、物陰に身を潜めた。

「このガキ、全然泣きやまねえ……! もうやっちまうか!」

「耳と指はもらうぜェ? アレ、結構イケるんだわ」

「……っ」

メイに攻撃を仕掛けようとする魔族へ、ヴァンが一気に迫る。

ズダ袋を担いだままで、手がひとつ塞がっていたが、それでも力量差は圧倒的だった。

「悪いが行方不明になってもらうぞ」

剣を軽くふた振りするだけで、魔族が左右に割れた。

芝居をやめたメイとシエラが魔族の死体を引きずり、図書館の中に放り投げる。

図書室で舞った埃からして、日常的に使っている場所ではないことがわかる。魔導書を奪われていることに気づくのは、相当先になるだろう。

迂回路を使い、ヴァンたちは図書館から離れていった。

あらかじめ元住民に聞いていた城壁の抜け穴を見つける。教えてもらった通り、必ず魔族の見張りが付近にいるそうだが、メイが気を引いている間にヴァンとシエラが先に脱出する。

外でメイを待っていると、門のほうから、大人の女に変装したメイが堂々と出てきた。

こうして、三人は魔導書の奪取に成功した。

剣聖と隊商

三人の図書館襲撃は、想定以上に早くバレた――。

あれあれぇ～？　と、ビスケが窓の外に見える図書館を見て首をひねった。

「図書館の魔法結界が破られてるー」

キャハハ☆　とビスケがひらひらと飛び回る。

「結界が？」

ルシージャス一帯の統治を任されているエウベロアは、ビスケに言われ、窓の外を見る。やはり、常に建物を覆っていた対物理結界が消滅していた。

「偵察隊も戻ってこないしぃー優秀なはずなのにー。どうなってるんだろうねー？」

「今はそれを調査させておるところだ」

「ルカンタに魔騎士以上に強い何かがいるのは、もう確定じゃーん？　もう捻り潰しちゃえばいいと思うのー。ジョンテレも魔騎士レガスも、この前選抜した偵察者も、そいつにやられちゃったんだよー」

「ビスケちゃん、この前と言っていることが違わないか？　放置してもいい、と言っておったと思うが」

　そんなの簡単だよー、と机の上に立って、エウベロアの前で人差し指を振る。

「図書館って、魔導書を置いてるんでしょー？　で。図書館の結界が破られている。どう考えてもおかしいじゃーん？」

「というと？」

「だからぁ、ニンゲンが図書館に魔導書を盗みに入ったんだよ、きっとー」

「大変なことではないか！」

「その大変なことが起きちゃったんだよ、たぶんねー。どうやったのかはわかんないけど、普通、魔法結界が破れたりしないし」

「しかし、ニンゲンごときが魔法結界を破るなど……」

「もおー！　現実見なよ、エウベロア様ぁー。魔族の誰がわざわざ結界破るのよー？　結界が破られている、これは事実じゃーん」

　んむむむむ、とエウベロアは、難しい顔で図書館を睨んでいる。

「けどさー。そもそも、どうして没収した魔導書を破棄しないのー？」

「我ら魔族が読んでも大半は無駄な魔導書であるが、一部、失われた古代魔法を記録した物があるという。それを本国の者が探しておるようでな。一時的に保管するように指示されているのだ」

「ふうーん。そんな理由があったんだー」

「しかし、誰が一体魔導書を奪ったのか……」

「んもう、エウベロア様のおバカさんっ。だから左遷されるんだよ。決まってるじゃーん。ルカンタの町のニンゲンだよ」

こほん、とエウベロアは咳払いをする。

「ビスケちゃん。もう一度、ワシを叱ってくれぬか？」

「なんかキモイから嫌♪　キャハハ」

「くっ……」

「魔導書を手にすれば、ニンゲンが魔法の使い方を覚えて上達しちゃうでしょー？　それが反乱の元になるから、魔導書を集めて管理していたのに。エウベロア様自身も、お尻に火が付いちゃってるよー？　放っておいたら、ルカンタはどんどん手強くなっちゃうかもぉ」

「うむ……これ以上、魔族がニンゲン相手に恥を晒すわけにはいかぬ。反乱の意思ありとして、ルカンタの町を武力制圧しよう。討伐軍を編成するぞ」

上等なマントをばさっと羽織ったエウベロアが部屋から出ていった。

残ったビスケは、くるくる、と部屋中を飛び回る。

「さてさて。どうなるのかなー？　楽しくなってきたぁ。キャハハ☆」

結果的に、ルカンタ側が想定した以上に早く動き出した魔族側。

その裏には、自由奔放だが頭のキレる妖精の助言があったのだった。

◆

◆

ルカンタに戻ってきたヴァンたちは、さっそく戦利品の魔導書を室内で広げた。

「これは、魔力消費効率に書かれたもので、こっちは属性概論ね」

「ねーさん、言っている意味がさっぱりわかんねーよ」

気になった一冊を手にとったアウラは、いつの間にか熟読しはじめていた。

「メイちゃんは魔法使えないから読まなくてもいいでしょ？」

ま、そうだけどさー、とメイは唇を尖らせた。

「姫さんは、何読んでんの？」

「……」

メイが訊いてもアウラは反応しない。

アウラが持っている本の背表紙をシエラが下から覗いた。

「初級魔法の使い方が書かれたものみたいね、読んでいるのは」

「診療所が忙しくないのなら、シエラが魔法教室を開いて素質のある者に教えていけばいい。アウラのように」

と、ヴァンが提案した。

「今さらだけど、兵士でもない町民の人たちに魔法を教えてもいいのかしら……何かあれば、魔族に酷いことをされてしまう」

「細けぇこと考えるなー。やりたいやつにだけ、教えたらいいんだよ、んなもん」

「ん。メイの言う通りだ。やる気があってもロクに使えない者も出てくるだろうが、授業は希望者だけでいい」

「そうね。どのみち、ルカンタが落ちるようなことがあれば、酷いことをされるんだし」

「はいはいはーい！　ウチにも教えてよ、魔法！　やる気はバッチリなんだから」

元気なメイを見たシエラが、「『はい』は一回でいいから」と笑って、一冊の本を広げて教えはじめた。

微笑ましいその様子を見て、邪魔になると判断したヴァンが部屋から出ていく。

家主であるシルバはすでに家におらず、ヴァンたちが帰還したのを見届けると、訓練の視察にむかった。

ヴァンも民兵の仕上がりを見ようと家をあとにすると、シルバが町の出入口付近で、物資担当者と深刻そうに何か話し込んでいた。

「シルバ。どうかしたか」

「ああ、ヴァンか。ローバンに出むいた物資調達の荷車が戻ってこないらしい」

担当の男がシルバのあとを継いだ。

「往復で、遅くても四時間ほどなんですが……朝に五台の荷車と護衛の騎士様、合わせて一〇名がむかったんですが、まだ戻らなくて」

ヴァンが空を見上げると、太陽の位置は傾いた場所にあった。昼を過ぎてずいぶんと経っている。

「ローバンという町にいる魔族と何かあったのかもしれない」

「ルシージャスへ物資を運び出す隊商だと、むこうの魔族には説明しているはずなのですが……それか、道中でのトラブルか……」

「俺が見てこよう。戦いが本格化すれば、これまで通り物資を輸送できるとは限らない。今日の輸送が後日町民の命を繋ぐ可能性だってある」

「いつもすまない。本当に助かる。私の馬を使ってくれ。厩舎の中で一番大きな黒馬だ」

「問題ない。すぐに戻る」

ヴァンはシルバに言われた通り厩舎でその馬を見つけると、馬具を装備させ跨り、町を出ていった。

体格のいい若い馬で、駆け足が普通の馬より倍以上速い。シルバが王都から乗ってきた馬の子か、孫だろう。

疾走させればどれほどの速度が出るのか、思わず考えてしまうのは武人の性だろう。

曲がりくねる街道は通らず、一直線に平原を駆けさせると、すぐにローバンの町に着いた。だが、畑仕事をしていた町民に訊くと、隊商は昼前に町を発ったという。

「ということは、帰り道か……」

ローバンから延びる街道を馬で走ると、まだ新しい車輪の跡を見つけた。道を深く削っていたから間違いないだろう。だが途中、車輪の跡は街道から逸れ森へ入っている。

怪訝に思って遠くを見ると、道の奥で、数人の魔族が街道を封鎖していた。

魔族を避け、森を突っ切り迂回路を取ろうとしたようだ。

ヴァンは車輪が消えた森を馬で走る。

複数の魔物の鳴き声が聞こえると、今度は、気合や悲鳴を上げる人の声が聞こえた。

馬を急がせると、ゴブリン残党の一団が隊商を囲んでいた。

シルバの部下である騎士たちが槍を振るい、ゴブリンを倒している。

だが、残党の数は多い。ぱっと見ただけで五〇を超えている。

物資運搬の男たち五人も、慣れない槍捌きでどうにか荷車からゴブリンを遠ざけていた。

ヴァンは愛剣を抜き、馬腹を蹴った。背中の殺気に気づいた馬が大きく嘶《いなな》いた。

単騎で敵が密集する場所へ突撃する。

敵の一列目を馬が蹄で蹴散らした。

「ギャ――！　ギャ!!」

ヴァンにゴブリンたちが飛びかかってくる。

振り抜いた神速の一閃。

瞬時にゴブリンの頭部が割れ、首が刎ね飛び、体が二つに裂けた。

ヴァンが腹から声を上げると、全ゴブリンが萎縮する。背後にいる数体が、馬の蹄にかかり吹っ飛んだ。

「ギャ……!?　ギャ、ギャギャ！」

何事かを叫んだゴブリン。その一声でまたさらに気勢を上げ、ゴブリンたちがヴァンに襲いかかってきた。

「隊商の荷が狙いだったか」

残党のゴブリンたちも必死らしい。

嘲笑うように剣撃は速度を増していき、ゴブリンを一切寄せつけない。飛びかかることすらできず地面に倒れていく。

数瞬後には、ゴブリンの死体が山となって積み上げられた。

護衛の騎士たちも、ヴァンが駆けつけたことで士気が上がり、荷を奪おうとするゴブリンたちを一体一体倒していき、ついに立っているゴブリンはいなくなった。

安堵の息をついた隊商の面々に、ヴァンは礼を言われた。

「ヴァンさん、ありがとうございます。助かりました！」

「ん。礼には及ばない」

ヴァンの登場からわずか一〇秒ほどで、五〇を超えたゴブリンは死体となった。

剣聖と物資と帰還

「魔族を避けてこの森に？」

馬を下りて、疲れた顔を見せる騎士の一人にヴァンは尋ねた。

「はい。迂回するためには、この森を突っ切るしかなくて」

「そうしたら、思った以上のゴブリンの群れに襲われて……」

ヴァンが荷を確認すると、二台は麦などの穀物。他は野菜や果物がのせられていた。

肉がなかったので、ぐちゃぐちゃになっていないゴブリンを数体、荷台に詰め込んだ。

少しだが腹の足しにはなるだろう。

「ヴァンさんが来てくれたんなら、もう安心ですね。日が暮れます。急ぎましょう」

「待て。魔族が街道を封鎖しているということは、あの道だけではないだろう」

ヴァンは感じたことをそのまま語った。

「街道を見張るということは、人の行き来を止めるのが狙いだろう。最悪、魔族がルカンタを包囲している可能性がある」

ざわざわ、と隊商の男たちは不安げに顔を見合わせた。

しかし、ずいぶんと強《したた》かな手を使う。

人間を見下しているはずの魔族がとる策にしては珍しかった。

もう侮らない、という指揮官の姿勢がありありとわかる。

ヴァンも護衛に加わり森を抜けると、予想通り、別の街道も魔族が三人いて、人間を見張っていた。

荷車五台をそれぞれ二人で引き、敵はすべてヴァンが対応することになった。

「この食料は、町民たちの命を繋ぐ貴重な物資だ。捨てて身軽になろうなどと考えるな」

「「「おぉッ」」」

「突破する。一気に街道を駆け抜けるぞ。休めるなどと思うな。それは死んだときで十分だろう。だが、帰還しさえすれば貴様らは英雄だ！　行くぞ――――！」

「「「おぉ――――ッ」」」

男たちを鼓舞し、ヴァンは街道を監視している魔族へと馬を疾駆させる。背後からは、騒がしい車輪の音が響き渡った。

「馬上の貴様ッ！　止まれェ！　後ろの荷車もだ!!」

すぐこちらに気づいた魔族の一人が制止するが、翼が生えたかのような疾走を見せる黒馬は、さらに速度を上げていく。

火炎属性の魔法を放つが、ひらひら、と攻撃をかわしていく。

ゴブリンの集団に突撃したときもそうだが、馬がまったく怖がらない。初見の魔法もだ。

よくやった、とヴァンは首筋を撫でてやった。

「避けおって――ニンゲン風情がァア!!」

「その過小評価が、いつか貴様らの足をすくう」

三人の魔族とすれ違った瞬間、二つの首が宙を舞った。

「き、貴様かぁあああああッ！　ルカンタのイレギュラーはッ!!」

馬首を回し、最後の一人と相対する。

ヴァンが今まで殺した魔族の中に知り合いでもいたのか、怒りに目を赤くしていた。

体内に魔力を溜めに溜め、自身最強の一撃を放とうとしている。

「死ねぇええニンゲンンンン！　サンダーレ」

溜めた魔力はついに魔法として発動することはなかった。

ヴァンが一刀の下、魔族の体を斜めに両断したからだ。

即死だった。

おそらく、サンダーレイと言いたかったのだろう。

三人の魔族を鮮やかに倒した様子を見た男たちは、拳を突き上げ歓声を上げた。

自分の一撃一撃を見た味方の兵が、雄叫びを上げる――。

兵器としての本能なのか、どんな賞賛よりも心地よかった。

荷車と合流し、両断した魔族のそばを通るとき、死体に尋ねた。

「魔法名を言わなければ発動しなかったのか？　であれば少なくとも撃てただろうに」

まったく同意だ、とでも言いたげに、黒馬が興奮気味に鼻をブルルと鳴らした。

ルカンタ防衛戦　前編

◆アウラ◆

ヴァンが物資調達班の様子を見にいき、町を不在とした二時間後のこと――。

火炎魔法が町を囲う壁にぶつかり、ドォン、とまた爆発音が響いた。

現在ルカンタの町の周りは、魔物と魔族の数百の部隊が町を包囲していた。

「「「グルォオオォォオオオオ――！」」」

ゴブリンや犬の魔物コボルトが、雄叫びを上げ前進してくる。

アウラには、また少し、ルカンタの町を包囲する敵の輪が縮まったように感じた。

「魔物どもを町に近づかせるなッ！　撃て、撃てぇッ！」

シルバが繰り返し怒号を上げている。

群れにむけて矢を放っているが、倒れても倒れても、どんどん後ろから別の魔物が前進してくる。

魔物の後ろに控える魔族たちがタイミングを合わせ魔法を放ち、その援護を得た魔物たちがさらに勢いを増して迫る。

見張り台の兵士が報告したときには、すでに魔族と魔物による包囲は完成しており、現在は平坦な町の東側から、敵の主力部隊が迫ってきていた。

敵の主力と思しき東側では、シルバが七〇の兵を指揮している。

敵の数こそ違えども、南側、北側、西側も敵の侵攻に対して、矢の嵐と罠のかく乱でどうにか凌いでいた。

アウラは怪我をした兵士に肩を貸し、診療所へ連れていく。

すると中からメイが出てきた。

「前線の怪我人はウチが回収するから、姫さんはねーさんを手伝って」

「わたしは大丈夫です。他の場所をお願いします」

「そうじゃねーよ。前に出んなってこと！　あぶねーから！」

自分の立場は理解しているつもりだった。

気遣いは嬉しいが、そんなことを言っていられるような状況でもない。

メイの手助けを得て兵士の一人をシエラのいる所まで運んだ。

「ねーさん、頼む」

「わかってる」

治療台にのせると、シエラが治癒魔法を発動させる。

白い光がシエラの両手を包んだ。

「快方の光、『キュア』」

キラキラと輝く魔法が兵士を包むと、苦しそうな表情が和らいだ。

治癒魔法は、あくまでも魔法の力で自然治癒能力を大幅に高める魔法だ。再生ではないし、指定部分の時間を巻き戻す魔法ではない。

だから、血を失っても増えたりしないし、腕や足を無くしても生えたりすることもない。

診療所には、すでに十数人の怪我人でいっぱいだった。死者はもう何人も出ている。

攻撃開始から約一時間。

最初のうちは、魔族は壁の上にいる兵士を魔法で狙い撃っていたが、今その攻撃は壁そのものにむいている。

そのときだった。

ひと際大きな爆発音が、町中に響いた。

アウラは直感した。

町の壁だ。

執拗に同じ個所だけ魔法で攻撃し続けていたのだ。

だっ、とアウラは診療所から駆け出した。

数時間前までは、あんなに平和だったのに。

今日一日も、何事もなくみんな幸せに過ごせていたのに。

アウラは泣き出しそうな自分を叱咤し、足に力を込めて走った。

思った通り、東側の壁の一部が完全に崩壊していた。大きな穴がぽっかり空いてしまっている。

壁の上にいたせいで瓦礫の下敷きになっている兵士を救助する町民が見えた。

罠に手こずる魔物たちを残りの他の兵士が弓で狙い撃っていく。

「罠にかかった魔物を優先的に狙え！　矢が尽きた者は怪我人の救助を！」

シルバが壁の上から指示を飛ばす中、アウラはがら空きになった部分から町の外へ出た。

「アウラ様、危険ですッ！　おさがりください！」

いつも自分はお荷物でしかなくて、何かしたところで評価されることはなかった。

危険だから、怪我をさせてしまうから、そう言って、誰もがいつも守ってくれた。

倒れ傷ついていくのは、みんなみんな、ずっと幼い頃からアウラを見守ってくれていた町の人たちだ。

「――――わたしにだって！　守りたいものの一つくらいあるんです!!」

また魔族たちが魔力を溜め、魔法を束にして放つ準備をはじめた。

それを見たシルバが慌てて外壁から下りてくる。

何度も何度も何度も何度も、魔法の練習をしていた。

すぐに発動できるように。

使っても倒れないように。

何度も使えるように。

何度も何度も何度も何度も何度も、魔法の練習をしていた。

魔力生成、消費、魔法発動――。

初心者用ではあるが魔力連環の陣で覚えた魔力の流れと使い方。

魔族たちが、火炎魔法フレイムバレットを束にして集めると、巨大な一弾ができあがった。

「不可侵なる神王の守護、異を阻め――」

巨大なフレイムバレットが同じ場所へ放たれる。

その場で腕を広げたアウラが、前方へ両手をかざす。

「『魔障壁《インベンシブル》』――!!」

ヴァンに教えてもらった失われた古代魔法。

これがようやく見つけたアウラ唯一の『武器』だった。

青白い魔法障壁がアウラの前方に展開される。

砲弾の数倍はある巨大な攻撃魔法が衝突した。

衝撃波にアウラは首をすくめた。

轟音と黒煙をあげた攻撃魔法は、雨粒のように容易く四方八方に砕け散った。

段違いの魔力が込められ段違いの威力を持った魔族の魔法を完全に防ぎきった。

◆エウベロア◆

エウベロアは、馬上から味方の攻撃を見守っていた。

魔族たちがそれぞれ単発で、壁にいる兵士を攻撃していたが、どうにも効率が悪かった。

兵士ではなく、壁にむけてまとめて魔法を撃つようにと指示を出したのはエウベロアだった。

目論見通り、外壁の一部を完全に破壊。

集中的にそこへ攻撃を仕掛ける予定だったのだが……。

ガァアアン、と激しい炸裂音が鳴り、黒煙でルカンタの町が見えなくなった。

しんと、戦場が静まり返り、何が起きたのか誰もが注目していた。

「……ふむ？」

黒煙が晴れはじめた。

馬上のエウベロアが目を凝らすと、崩壊した外壁の前には、少女が一人、魔法障壁を展開していた。

「え、エウベロア様、街道で――」

「やかましい。報告はあとにせよ」

部下を遮り、ふむ、とまたエウベロアは小難しい顔で顎をさすった。

魔法障壁など防御魔法の類いを、あれほど大きく展開できる者は魔族にも多くはいない。

だが、その分魔力消費も激しいだろう。

「あのような魔法が使えるニンゲンがいるとはな。まあよい。撃ちまくれ。疲弊させよ、そう長くは持つまい」

あくまでもエウベロアは冷静だった。

あの少女が『ルカンタのイレギュラー』なのだろうか。

魔騎士レガスを殺したほどの者であるなら、まだ何か特別な魔法があるかもしれない。

「魔物たちは、肉の壁である。壁の後ろから魔法を撃ちまくれェ！　壁は前進させよ！」

「え、エウベロア様。恐れながら、多数の罠が巧妙に配置されており――」

部下が報告したそばから、魔物が密集する一部から炎が噴き出した。

一部が混乱しはじめている。

「フン。小賢《こざか》しい。落とし穴か。なんと原始的な抵抗か」

口で罵りながらも、エウベロアは感心していた。

いつかこうなることを予期して、町の人間は準備をしてきたのだろう。

「準備も戦のうち、とな」

確実に、着実に、勝率を数％ずつあげていく。

この堅実な戦運びがエウベロアの信条とするところだった。

だが――この慎重さがのちに明暗を分けることになった。

エウベロア麾下《きか》の精鋭魔騎士を手元に五〇騎、魔物は三〇〇。これが主力である。

他方には一〇騎ずつ、魔物を一〇〇ずつに編成し、四方の包囲を完成させた。

罠だらけの平原を無理に攻め急ぐ理由は特にない。

他方は、罠の有無を確認させながら、じわじわ、と近づいていると報告が入った。

「いずれ策も矢も尽きる。むしろ、急ぎたいのはむこうであろう。付き合う必要などない」

街道の行き来も部下に監視させている。

町から出られる人間は誰もいないし、数十の魔族と数百の魔物を倒しに来る援軍などあるはずもなかった。

孤立無援の状態を形成し、じわじわと攻め上げ、干からびるのをただ待てばいい。

ボォオン、とまた魔騎士の魔法が、少女の魔法障壁で防がれた。

あれから一度として魔法攻撃は成功していない。

「情けないのォ……それでもエウベロア軍の精鋭か」

「お、恐れながら――」

「貴様は恐れながらしか言えんのか！」

苛立ちを部下にぶつけると、フンと鼻息を荒く吐いた。

「弓を持て」

「はッ。ここに――」

部下が差し出したのは、魔弓だった。魔力伝導率の高い特殊な大樹から作られた愛用の弓である。

「矢を」

「はッ」

同様の大樹から作られた特製の矢を掴んだエウベロア。

「ヌゥウン……！」

緑色の魔力がエウベロアの体を覆うと、弓と矢までそれは及んだ。

矢をつがえ、限界まで弦を引き絞り、目を細めた。

エウベロアの魔力属性は風。

魔力付与された矢は、風よりも速く飛び標的を貫くだろう。

「小娘に、ひとつ教えてやろう」

ガヒョン、とエウベロアが矢を放つ。

矢は愚直なほど一直線に標的へとむかった。

物理攻撃と魔法攻撃の二面性を持つ強力な一撃だった。

「魔法障壁、唯一の弱点……それは『面』でも『線』でもない『点』での攻撃である」

再び少女が魔法障壁を展開。

これをエウベロアの矢が突き破った。

「はっはっはぁ――！　魔法障壁は、万能の盾ではない――ッ！」

だが、その衝撃で少々照準がズレ、仕留めるまでには至らなかった。

エウベロアの一撃に、魔族たちが言葉にならない雄叫びを上げる。

逆に、敵には動揺が走っていた。

この距離でも凄まじい矢が飛んでくる――。安全圏から矢を射続けた敵兵士たちの恐怖が、エウベロアには手に取るようにわかった。

急造の守備隊とエウベロアでは、踏んできた場数もくぐった修羅場の数も違う。

「行けェい！　射手の手が止まっておるぞ！　喰らえ、踏み尽くせ！　我らが世界の覇者、魔族であるぞ――！」

エウベロアが鼓舞すると、魔物たちが威勢よく声を上げ前進していく。

そのとき。

馬蹄が後方から鳴り響いた。

黒馬に乗った一騎が、黒い矢と見間違うほどの速力で走り去ると、最前線の魔物部隊へと突っ込んだ。

馬上の騎兵が剣を振るうたびに道ができ、悲鳴が上がる。

死神に遭ったかのように、味方が例外なく絶命していく。

瓦解寸前だったルカンタ守備隊が息を吹き返し、一秒ごとに士気を上げた。

圧倒的な戦力差。

無慈悲なまでの殲滅《せんめつ》がはじまった。

誰が攻めて誰が守っているのか、エウベロアは一瞬わからなくなった。

間違いない――――！

あれが、『ルカンタのイレギュラー』だ。

ルカンタ防衛戦　後編

◆ヴァン◆

間に合った。

ヴァンは敵陣後方から、最前線まで黒馬を疾駆させた。

町はまだ魔族の侵入を許しておらず、ヴァンが見る限りでは無事だった。

雄叫びを上げ、種族ごとに固まっている魔物部隊に突っ込む。

予期していない真後ろからの襲撃に、魔物たちは一斉に混乱をはじめた。

方々に仕掛けられた罠に次々にかかり、戦闘どころではなくなり、戦うより逃げ惑う者が増えだした。

魔騎士たちが部隊を整え、火炎属性魔法をヴァンにむけて連射する。

攻撃魔法を鮮やかに剣で薙ぎ払うと、魔騎士たちがどよめいた。

「侮るなッ！　ただのニンゲンではないぞ！」

離れた場所に護衛魔騎士とともにいる指揮官らしき男が声を上げた。

どちらも町の人間に脅威だが、まずは数を減らすことにし、ヴァンは馬首を魔騎士の部隊へとむける。

ヴァン一騎に対して、魔騎士の数は五〇。

馬で移動しながら絶え間なく攻撃魔法を放ち続けた。

『人間』に追いかけられる、というのが癇に障ったらしく、先頭の魔騎士が合図する。

全騎が手にしている槍に魔力付与。

先頭を走る魔騎士が頭に血を上らせながら、ヴァンへと馬首をむけた。

「ニンゲンごときがァあああッ！　我ら魔族に正面から挑むとは笑止なッ！」

彼我の距離は五〇メートルを切る。

顔の表情もわかるような至近距離へと近づいた。

「……ならば、笑いながら死んでいけ」

「魔法もロクに使えぬ下等種族がッ！　ナメるなァあああああああああッ！」

「魔法頼みの魔族風情が、粋がるな」

敵魔騎士と馳せ違う。

剣を全力で振り抜く。

斬撃は、先頭の魔騎士を斬殺するにとどまらず、後方で槍を構えた十数人を巻き込んだ。

他魔騎士の槍に付与したばかりの魔力は、恐怖により消え去っていた。

魔法を撃とうにも発動する時間すら与えられなかった。

顔色を青くする魔騎士たちへ、さらにヴァンは攻撃を加える。

やはり斬撃の威力は魔騎士一人で収まるものではなかった。

その一撃は、列を乱し逃げようとした魔族たちにもおよんだ。

数瞬後には、すれ違った敵部隊は、馬だけ残し死体となり地面に転がっていた。

「魔力を付与しないと近接戦闘もできない雑魚め」

ィイイイン、と何かの飛来する音に反応して、ヴァンが剣を振るう。

叩き斬ったのは、魔力を付与された矢だった。

護衛に囲まれた指揮官らしき男が、構えた弓を下げて馬を進めてくる。守ろうと前に出る護衛を制した。

「ただ者ではないようだな。名乗られよ」

「旧エスバル王国軍クロイツ特務隊、魔導人形《ナンバーズ》『第七子《セブンス》』のヴァンだ」

「フン。聞かん名だ。少なくとも、死神の類いではないようだな」

「貴様らにとっては似たようなものだ」

大笑しながら、魔族の指揮官は魔力を体内に溜めはじめた。

「ルシージャス一帯を統治しておる魔貴族七七家が一人、エウベロアと申す。……お相手願おう」

「俺相手に、単騎で挑むには力不足だが、致し方ないだろう。来い」

「言いおるわい――」

羽織ったマントを投げ捨てエウベロアが弓を引く。三本の矢をつがえ一斉に放つ。

先ほどの一発とは違い、完全に魔力で作られた矢だった。

嫌な気配を感じとり、ヴァンは剣で斬ることはせず馬を操りかわす。

回避した直後、三本の矢が爆発を起こし爆風が巻き起こった。

「属性は……風と火炎か」

「フン。これだから聡いガキは嫌いだ」

人間は総じて、魔力属性は一種類だが、魔族はそうとは限らない。奥の手として第二、第三の属性を隠している場合が多々ある。

数千の戦場を戦い抜いたヴァンの戦闘経験が物を言った。

詠唱することも魔法名も言わないあたり、他の魔族とは違うということもわかった。

さらに二属性の魔力矢をエウベロアは立て続けに放つ。

ヴァンは爆発するタイミングを冷静に計っていた。一定時間経てば爆発するものではなく、術者が任意で爆発させるもののようだ。斬っても爆発するらしい。

一本が地面に突き刺さり、土塊を巻き上げ爆発した。

動き回っていた黒馬が鳴き声とともに棹立ちになる。

これを狙っていたエウベロアが、魔力矢の速射をはじめた。

「これでは近づくこともできまいッ!」

「小賢しい」

斬って爆発するのであれば、爆発した瞬間、もう一度剣を振るえばいいだけの話。

一矢を斬り、爆発が起きたところで再び剣を振ると、剣圧で爆風をかき消した。

「こうすれば、貴様自慢の爆発矢は無力化できる」

「ば、バカな――爆風を……どれほどの剣速だというのだ――」

「一瞬の時間があれば釣りが出る程度の剣速だ。……もうないのか？　奥の手とやらは」

ぐぅ、とエウベロアが唸った。

それを見るや、ヴァンは馬をエウベロアへ駆けさせる。

「おのれェえええええええええ！」

魔力矢の乱射は、すでに脅威ですらなかった。二度斬りによって、瞬間的に爆発はするが、爆炎は小さいし爆風もほとんど起こらない。

全攻撃のことごとくを斬り、爆発した瞬間に剣圧で爆風を吹き飛ばし、ヴァンは何事もなかったかのように疾走する。

魔力矢をエウベロアが諦め、腰の剣を抜く。

魔力矢と同じ魔力を剣に付与した。

「同種の攻撃か。芸のない」

「魔族の誇りに懸け、貴様をここで討つ――――ッ！」

雄叫びを上げて、必死の形相で迫るエウベロア。

だが、剣戟を交えることすらなかった。

バズンッ。

袈裟に振り上げた一撃がエウベロアを両断。

斜めに斬られた上半身が宙を舞い、馬にまたがったままの下半身が、力を無くしずるっと地面に落ちた。

護衛の魔騎士たちが一目散に逃げだし、他方面を攻撃していた魔族たちもすぐに慌てて退却をはじめた。

魔物を討伐していた町の兵士たちが、ヴァンの動向を見守っており、一斉に勝利の雄叫びを上げた。

ヴァンは町へむけてゆっくり馬を進める。

その姿を見た誰もが拳を突き上げる。

興奮が冷めない雄叫びと歓声は、なかなか鳴りやまなかった。

防衛戦の祝勝祭

手ひどくやられた外壁の修復に二週間ほどかかったが、敵の襲来は一度もなかった。

ヴァンは見張り台の上から、何事もなかったかのような平原を眺めていた。

魔物や魔族の死体は片付けられ、平原はずいぶんときれいになっている。

「ヴァン」

呼ばれて下を見ると、そこかしこを包帯で巻いているシルバがいた。

守備隊は守備隊で、なかなか奮闘したとヴァンは聞いていた。

「何かあったか」

「ベジェリンはどうだった？　あの黒馬のことだ」

「なかなか胆が据わっているいい馬だ」

「よければもらってくれないか」

「いいのか？」

「君が乗るのが一番だろう。私が持っていては宝の持ち腐れだ」

「そういうことであれば、いただこう」

たたた、とアウラが駆けてきた。

「シルバ。シエラさんのところに行く時間ですよ？」

「はい。今行こうとしていたところです」

苦笑したシルバは、ゆっくり歩き去った。

もう、と困った子供を見送るように、アウラが腰に手をやる。

それから、梯子《はしご》を上ってきた。

「隣、いいですか？」

「そのつもりで上がってきたんだろう？」

「バレましたか」

笑いながらアウラが隣に腰かける。元々一人が居座る場所なので、二人だと少し狭い。

「魔法障壁で、アウラが町を守った、と兵から聞いた」

「わたしは、できることをしただけです。最後の最後は、敵の攻撃で魔法は破られてしまって……ヴァンの到着があと少し遅ければ、どうなっていたか……」

東側の防衛に回った兵士にその様子を聞いていた。

壁を破壊するために、魔族たちが一斉に放った魔法を、アウラは魔法障壁で防ぎ続けた。

防御回数は、五〇を超していたそうだ。

アウラがいなければ、破壊された壁に攻撃を集中され、魔法で町の建物は大きな被害を受けただろう。

町民たちにも大きな犠牲が出ていたはずだ。

「最後のほうは、ほとんど、意識がなくて……」

「魔法をきちんと使えるようになって日が浅い。仕方ないだろう」

死力を振り絞ったのはアウラだけではない。

シエラもメイも診療所で目まぐるしくやってくる怪我人を治療していったという。

他の町民たちも、全員で協力して、兵士たちのサポートをしたという。

町全体で勝利した一戦といえた。

ヴァンとシルバの狙い通り、ヴァン不在時の時間稼ぎは十分だった。

「もっとわたし、がんばります……誰のどんな攻撃も防げるくらい、強い魔法で……みんなを守ります……」

涙をこぼしながら、アウラは言った。

魔法障壁は、何度も特訓を重ね自在に使いこなせるようになっていた。

疲労と魔力消費が限界に近づいていたとはいえ、一撃で破れてしまった。

それが、よっぽど悔しかったのだろう。

ヴァンが思っていた彼女よりも、アウラは負けん気が強かった。

今も、魔法全般についてはシエラから教わり、魔法障壁の練習は欠かさず行っているそうだ。

「その向上心を忘れなければ、きっと強くなる。期待している」

「ありがとうございます。……ヴァン、わたしはあなたに誓います。もっと強くなってみんなや、あなたをも守れる魔法使いになる、と」

「それは頼もしい」

アウラが涙をふくと、二人は小指同士を絡めた。

「ヴァンも、何か誓ってください」

「アウラがみんなを守ると言うのなら、理屈の上では、俺がアウラを守ればみんなを守れることになる。それを誓おう」

「ち、誓われて、し、しまいました……」

顔を赤くするアウラとヴァンは指切りをする。

「い、いつまでとは言ってませんからね？　と、ということは、ずうっとってことですよ、ヴァン？　いいですか」

「俺は、エスバル王国万民のための兵器だ。その王族を守護するのは、至極当然だろう」

「うぅぅ……思っていた理由と違いました……ロマンスの欠片《かけら》もありませんでした……」

まあいいです、とアウラはにこりと微笑んだ。

「ヴァーン！　おやつ持ってきたから一緒に……て、いねーと思ったら姫さんいるし……」

下から面白くなさそうな顔をして、メイが梯子を上ってきた。

よいしょ、とメイは、ヴァンに背をむけて密着するように座る。

「どうしてそんなところに座るんですか」

「ウチの座るところがないんだもん」

袋に入ったクッキーを取りだして、メイはヴァンに食べさせる。

「美味い？」

「ん。美味い」

「わたしもひとつ……」

「姫さんの分はねーの。残念でした」

「ちょっとくらいいいじゃないですか。メイさんの意地悪……」

ま、いっか、とメイはしょんぼりしたアウラを見かねて数枚渡した。

はむはむ、と食べて、ぽわわ～とアウラが頬をゆるめている。

「美味しいです……」

「そうそう、ヴァン、今日祭りやるんだろ？　一緒に見て回ろう？」

先日の祝勝会と鎮魂を兼ねて、町全体で飲み食いできるようにするらしい。

「問題ない」

いえーい、とメイが喜ぶと、はっとアウラがクッキーを食べる手を止めた。

「わ、わたしもそれを言いにきたんでした!?　く、クッキーに夢中で……」

「姫さんはトロくせーからな」

「メイさんが抜け駆けをするからです」

「先に抜け駆けしたのそっちじゃん。まだ言ってなかった姫さんが悪くね？」

むぅぅ、とアウラがメイを恨めしそうに見つめた。

「じゃあ、じゃあ、わたしはそのあとでお願いします」

「一緒ではダメなのか？」

「ダメに決まってんだろ？」

「そうです、ダメです」

どうしてダメなのかは一切説明してくれない二人。

うん、おほん、と声を整える咳払いが聞こえて、アウラとメイが下を覗き込んだ。

「あ、シエラさんです」

「んだよ、ねーさんも同じかよ……」

年少組女子がいるとも知らず、うつむきがちで、ぼそぼそと恥ずかしそうにシエラは話しはじめた。

「きょ、今日、夕方からお祭りあるでしょ……？　一緒に、どうかしら……？　お、お金は、あたしが出すから、心配しないで。気にせず好きな物をいっぱい食べてくれたらいいから」

年少組女子にも丸聞こえで、こっそり下をのぞいている。

「金出すってマジだ、マジのやつだ……」

「大人の力を使ってきましたね……」

「てか、ねーさんの服、ガチじゃん。診療所にいるときと全然違う」

「肩が出てて、ちょっとエッチです……」

ちらりとヴァンも下を見る。確かに二人の言う通り、普段とは違う服装をしていた。胸元の開いている服で、なかなかセクシーだった。

「もじもじしているシエラさん、可愛いですね……」

「うん、なんかずりーよな。薬師で治癒術師《ヒーラー》だし、魔法を教えられて頼りにもなるし。それに『ぽよんぽよん』だし、おっぱい」

「あ、ヴァン。わたしもおめかししますからね？　このままの服じゃないですからね？」

「う、ウチだって！」

　何を競っているのか、とヴァンは首をかしげ、下でヴァンの反応を待っているシエラに話しかけた。

「シエラ、アウラやメイと一緒ではダメなのか？」

「え？　一緒だと、また意味合いが変わって……て、あぁっ！　き、聞いてた……？」

　ようやくアウラとメイがいることに気づいたシエラの顔が、赤くなりはじめた。

「シエラさん、お金出すんですか？」

「ねーさん、『ぽよんぽよん』を武器にすんのは、ちょっとずりーと思う」

「な、ななな、何盗み聞きしてるのよ！　あ、あたしの勝手でしょー!?　下りてきなさい！　ヴァンの仕事の邪魔になるでしょ！」

　そんな注意など物ともしない年少組女子二人。

「シエラさん、今日は診療所にずっといるからお祭りに行くのは無理だって言っていたのに」

「そーだよ。『え、お祭り？　そんなの全然興味ないから』みたいなすまし顔してたクセにー」

「「ヴァンとは行きたいんだ?」」

息ぴったりで声が揃う。アウラとメイは仲が良いのか悪いのか、ヴァンにはさっぱりわからなかった。

「ちょ……ちょっとくらいいいじゃない! あたしだって、魔法疲れ毎日毎日してるんだから! 羽伸ばしたいのよっ」

「「あ、開き直った」」

そういえば、とヴァンは先ほどアウラが言っていたことを思い出した。

「シエラ。シルバが診療所に行くという話ではなかったか」

「いいのよ、もう。歩き回れるくらいなんだから」

行き違いになった、というわけでもなかったらしい。

シエラが不在の診療所に戻ったシルバのことを、不憫に思わないでもなかった。

「ねーさん、順番な? ウチが一番で、次が姫さん。ねーさんは三番目。最後はウチね? ねーさんが最後だとナニするかわかんねーから。羽伸ばすってそういうことでしょ?」

「人を何だと思ってるのよ……」

「順番でも何でもいいから、下りろ」

うるさい三人にうんざりしたヴァンがメイとアウラを下ろす。

すると、ちょうど交替の兵士がやってきたので、結局ヴァンも下りることになった。

楽しそうに微笑むアウラが、ヴァンの隣に並んだ。

「これからどこに行くんです？　特にないなら、お祭りの準備をしませんか？」

「ん。構わない」

じゃあウチもー、とメイがついてくることになると、無言のままシエラもついてきた。

町を挙げての防衛戦とその勝利の高揚を思い出してか、その日の夜は大きく盛り上がった。

魔導上級査察官

ルカンタ戦で魔族が撤退した頃――。

「あ～ぁ、エウベロア様もダメだったみたーい」

領主の館の屋根にちょこんと座ったビスケは、両手で頬を支えながら逃げ戻ってくる魔族たちを眺めていた。

「てか、エウベロア様も戻ってこないじゃーん。ジョンテレと同レベルかぁ。つまんなーい」

ぷくり、と小さな頬を膨らませるビスケ。

「おや。妖精族の珍しい方がいらっしゃると思えば――」

声に下を見ると、ビスケの顔見知りの上級魔族がいた。

「あっ。ランプじゃーん。おひさー。本国で会って以来？　いつここに着いたの？」

「お久しぶりです。到着したのはちょうど今ですよ、ビスケさん。何やら、つまらなそうな顔をしておいでですが」

「そうなんだよー」

と、ビスケは唇を尖らせ、ルシージャス近辺の状況を伝えた。

「それでは……エウベロア卿は――ニンゲンにやられてしまった可能性が高い、と？」

「絶対そうだよー」

ビスケが予想を伝えると、エウベロア護衛の魔族が慌てながらやってきた。

「大変です――」

「落ち着きなさい。本国から来た魔導上級査察官のランプです。ワタシが報告を聞きましょう」

ランプの一声に、一度深呼吸をした魔族は、ルカンタ攻略失敗の旨を伝えた。

いずれもビスケが予想した通りで、人間一人にエウベロアが敗れ撤退を余儀なくされた、という戦闘の一部始終を報告した。

「旧王都から指示があるまで階級が一番高い、このエリートであるワタシが、一時的に指揮を執ります。以後報告はこのエリート魔族ランプに」

「はッ」

手短にランプは敗残兵の受け入れについて指示を出し、エウベロアの護衛を下がらせた。

ぱたぱたと羽を動かし、ビスケがランプの肩に乗る。

「てゆーか、ランプは何をしにこんなところまで来たのー？」

「ワタシは、ニンゲンが書いた魔導書の中身を確認しに来たんです」

「ニンゲンの古代魔法がどうのこうのってやつー？　でもぉ、ここの図書館はニンゲンに破られて、魔導書は持っていかれちゃったみたい」

ランプは首を振った。

「先ほどの報告で、魔法障壁を使うニンゲンがいた、と。魔族の魔法障壁は、ニンゲンが制御できるものではありません」

「んん？　でも、ニンゲンの魔法に魔法障壁はないでしょー？」

「ええ。だから、気になるのです」

薄く笑んだランプに合わせて、にぃとビスケも笑う。

「なるほどー。ランプからすれば収穫アリなんだー？」

「ええ。ビスケさん、知恵を貸していただけますか？」

「いーよ☆　なんか楽しそうだから♪」

「ご協力感謝します」

「てゆーか、ビスケちゃんの胸元チラチラ見すぎー」

キャハハ☆　とビスケが笑ってランプの視界から逃げた。

「違います。誤解です。魔紳士として上着を着たほうがいいのでは、と熟考していたんです」

「鼻血出して興奮してる魔紳士に何言われても、説得力ないって感じー」

いいえ、鼻血なんて出してないですから、と自称魔紳士はズズズと鼻をすする。

「ともかく。ビスケさんの体つきは相変わらずエッチだなと思って、じゃなくて。エウベロア卿を敗るニンゲンがいるのですから、念入りに準備をしましょう」

「考えてること全部口で言っちゃってるんですけどぉー！　超ムッツリスケベなんですけどぉーやだー」

ケラケラ笑いながら、ビスケは館に入るランプを追った。

◆　◆

ルカンタ防衛が成功し、祝勝祭が行われてから数日。

早朝からアウラとシルバ、ヴァンの三人はシルバ宅で今後のことを話し合っていた。

「俺が倒した魔族の中に、エウベロアという指揮官がいたことは話しただろう?」

「ああ。私が死体を確認した。間違いない。魔貴族の一人で、王国を落とした立役者の魔族だ」

仇敵の一人だとシルバは認識していたらしく、死体を確認後、ヴァンはそのことをシルバから聞かされた。

「ん。ルシージャス一帯の指揮系統はしばらくは麻痺するはずだ。再攻略に乗り出すとしても、さらに戦力を充実させる可能性が高い」

「ということは、まだしばらくは、町を攻撃されることがない、ということですか?」

アウラの質問にヴァンがうなずいた。

メイにルシージャスを探らせたが、緊迫感はなく、戦闘準備をしている様子はまだないようだった。

「猶予はあるが、次に攻めてくるときは、前回以上の戦いになるだろう」

「わたしに、攻撃魔法の力があればよかったのですけど……」

しゅん、とアウラが肩を落とした。

あれから、魔導書を読んで勉強しているものの、攻撃魔法がまったく上手くいかないようだった。

シエラの魔法教室にやってくる子供たちもいるが、実用できるレベルになるまでまだ時間はかかるし、それが通用するとは限らない。

「アウラ様。半端な攻撃魔法を覚えても、魔族には通用しないでしょう」

「シルバの言う通りだ。魔法障壁は十分に通用する。アウラは、その精度と持続力を上げることにしばらくは集中してほしい」

「そういうことでしたら、わかりました。練習、ヴァンも付き合ってくださいね？」

「わかった」

ルカンタ防衛成功後は、ルカンタに魔族がいない町であることや、魔族を退ける力があることが、近隣の村や町にぐんと広まった。

それから、移民がさらに増えはじめ、改修中の廃村レバンテに彼らを案内している状況だった。

町を守りたい、と志願兵も増えてきていた。

新兵は、シルバと部下の騎士たちが、練兵場である外の平原で武術訓練をしている。

ヴァンは常々不思議に思っていたことがあった。

「人間は、どのようにして負けたのか教えてほしい。俺が戦った当時も魔法では劣ったが、内部工作によって仲違いさせ、集団戦術の妙で魔族一門を各個撃破、その後の会戦で勝利し、魔族を滅ぼした」

結果を口にすれば簡単だが、どれも難しい戦いだった。

「私は、四次大戦では、最前線で戦ったわけではないが……魔族軍は、基本的に魔法による中距離攻撃が主だった。率いた魔物での突撃を繰り返し、隙ができたところで攻撃魔法を叩き込む……」

魔物は魔族を守る肉壁の役割も果たしていたという。

魔物が作った隙に、魔族が最大火力で魔法攻撃。効率的な戦い方だった。

「それが、基本的な戦術だったんですか？」

アウラも興味があるようで、シルバに尋ねた。

「はい。こちらは、陣形を組んで、騎馬隊や弓隊や魔法部隊の援護を得つつ最前線の魔物部隊を崩すことができるのですが、そうしている間に、魔族が攻撃魔法を撃つ――。エウベロアがやった戦術そのものです」

「ん。非常にシンプルだ」

ヴァンの知る当時は、中隊（約二〇〇名の部隊）に魔法障壁が使える魔法使いが数名ほどいた。

この時代には、魔法障壁は存在しないものとなっているが、当時は数は少ないながらも使用できる魔法使いは確かにいた。

魔族が弱体化しているとはいえ、魔法障壁がない上、ヴァンのような魔導兵器不在では、戦いは常に劣勢を強いられただろう。

「矢で魔法を妨害はしなかったのか？」

「もちろんしていたが、むこうには魔法障壁を使う魔族もいた」

「こちらには防御魔法がなく、むこうにはある……勝てないはずだ」

魔族の魔法障壁は矢には弱いはずだが、距離があればあるほど矢の威力は落ちる。よっぽどの強弓でなければ魔法障壁を貫けなかっただろう。

ただ……魔族も同様に、魔法障壁を使える者はそう多くなかった。

「訓練を一度見せてほしい」

ヴァンがお願いすると、快諾したシルバはすぐに席を立った。

ヴァンとアウラがシルバについていき、町の西側から練兵場としている平原にやってくると、二〇〇人ほどの兵が訓練を行っていた。

対魔族では頼りないかもしれないが、魔物と戦えるくらいになれば十分な戦力だ。

「ずいぶんと兵士の方が増えましたね」

「ええ。町を守りたいという気持ちがあるおかげで、みんな、必死に訓練をしています」

射場にやってくると、ヴァンは気づいた。

「あくまでも、弓隊は前線の敵を射殺す部隊ではなく、魔法を妨害する部隊という認識でいい。まずは、敵に魔法を撃たせないことだ。前進してくる魔物は、陣形と用兵次第で食い止められる」

「うむ……確かに、敵が迫るとそちらを優先してしまうことがあるな……。わかった、徹底させよう」

一通り訓練の終わった兵にヴァンは声をかけた。

見たところ、筋がよかった。

「あの岩を狙えるか?」

「え。あんな遠くですか？　当たらないですよ」

五〇メートルほど先にある出っ張った岩だったが、当たらないものなのか、とヴァンは首を捻る。

シルバを見ると、兵に同意するようにうなずいた。

試しに兵が射ると、岩のはるか手前に矢は突き刺さった。

「射角を変えろ。もっと上目がけて射るんだ」

いつの間にか、シルバが訓練の手を止めさせていて、兵は全員ヴァンの説明を聞いていた。

弓と訓練用の矢を借りて、ヴァンは手本を見せる。

ギリギリと弓を引き絞り、放つ。

空へむかい一直線に矢が飛んでいくと、一定のところでくるっと方向転換。

急降下した矢が遠くの岩に当たり、コンと小さく音を立てた。

「「「おぉぉぉぉ……」」」

兵全員が声をあげた。

「ヴァンさん、弓もすごいのか」

「我らの武神様はさすがだな……！」

「あの、剣も教わりたいんスけど！」

「オレも！」

「弓、もうちょっと詳しく教えてください！」

まあ待て、と一旦盛り上がる兵をヴァンは窘める。

「弓は、ある程度狙いがつくようになれば、飛距離を出す訓練を。魔法を撃たれるにしても、矢の牽制があるのとないのとでは、魔法の精度が違ってくる」

ふむふむ、とその場にいる全員がうなずいた。

「飛距離を出す際に、当たる当たらないの精度は問わない。ある程度の狙いがつけばそれでいい」

アウラが特訓をしたそうに、うずうずしていると、

「ヴァンさん、今度は剣のご指導を――！」

「ん。任せろ」

「あのー、ヴァン？　わたしの魔法障壁の特訓は……」

ぽん、とシルバがアウラの肩を叩いた。

「アウラ様。このシルバがお相手を」

「あ、いえ。それなら大丈夫です」

「……」

「ヴァンさん、今度は槍を――！」

我先にと殺到する兵に、シルバが苦笑する。ヴァンから離れて手招きすると、渋みのある教官顔で笑った。

「槍ならこの私が指導しよう。さあ、こっちに集まるんだ」

「「「…………」」」

槍を槍をと騒いでいた兵が、しんとして、すぐにまたヴァンのところへ殺到した。

「ヴァンさん、握りからまず教えてください――」

「武神流の槍を是非！」

「……え、槍……私、得意で……教えて……」

誰も集まらないのを見て、しょんぼりするシルバをアウラが励ました。

「ヴァンは大人気ですので仕方ないですよ。――ヴァーン、わたしの特訓もそろそろお願いしまーす！」

すぐにヴァンのところへアウラも駆け去ってしまった。

弓隊の方針徹底と、武術訓練にときどきヴァンが顔を出すことで、兵の練度はさらに向上していくのだった。

剣聖と名工の息子

弓隊の主方針が、歩兵の援護ではなく、魔族の牽制に変わったことで、少々問題点が出てきた。

「矢は足りるのか？」

朝食を食べながらヴァンがシルバに尋ねると、難しい顔をする。

「正直、すぐに底を突くかもしれない」

「町に作れる者は？」

聞いたことがないです、とアウラ。シエラもメイも同じのようで、首を振った。

「武器職人は、武器の売買が禁じられてからは、ほとんどの者が職にあぶれ廃業したと聞く」

「だが、必要だろう。いつまでも武器の在処《ありか》を狙って襲撃するわけにもいかない。前回の防衛戦で放った矢が回収できていなければ――」

「わかっている」

「早急に必要なのは矢だが、最終的に不足するのは武器全般だ」

そうだな、とシルバは目をつむって顎を触る。

そうしているだけで、年齢以上に年を感じさせた。

この町の長《おさ》であるというのは、相当な重圧なのだろう。

「ドワーフに師事した名工が王都にいたが……敗戦後に武器を密造していたらしく、捕らえられ処刑されたと聞く……。他の腕のいい職人たちも魔族に囚われ、どこかの工房で魔族たちに強制的に武器を提供しているだろう」

「なら、師匠のほうでいい。ドワーフたちがどこにいるか知っているか」

「遠いぞ」

シルバが王国全土の地図を広げる。王都がある中央。ルシージャス一帯は、ずいぶんと西端にある。シルバが指したのは、北部の山岳地帯だった。

「エスバル王国にいるドワーフなら、たいていはここにいるはずだ。心当たりでもあるか？」

「なくはない」

かつて、エスバル王国一の名工と謳われたドワーフがいたが、長命の種族であるとしても今生きているかどうかはわからない上に、そこにいるかもわからない。

「第四次大戦……敗戦したとき、ドワーフやエルフから協力は得られなかったのか？」

「得られなかった、というよりは、亜人種——ドワーフやエルフには協力を要請しなかったというほうが正しいかもしれない」

国民たちは、山奥や森深くの地域に住んでいる珍しい種族という認識だが、国の上層部は魔族と同様に、人間とはまったく別の存在と認識していたそうだ。酷い者は、亜人種に対して差別主義者だったり、偏見を持っていたりするという。

この考えは他国も同じで、エスバル王国の上層部だけではなかったそうだ。

「それで滅んでいては世話がないな」

「ああ、まったくだ」

「町に工房は？」

「らしきものはあるが、職人が仕事をするには少々粗末かもしれん」

「まずは協力を得られるかどうかだな。行ってくる」

地図を簡単に描き写したヴァンは、それを懐に入れ、家をあとにした。

愛馬にまたがり町を出ると、進路を北にとる。

シルバの話では、普通の馬で一週間はかかる道程らしい。

速足で平原を走り、あるときは街道を走り、馬のために休憩を挟みながら北上すること三日。

想定以上に早く、地図にある山岳地帯へ到着した。

山道は馬である程度登っていき、道が途切れたあたりで馬から下りた。

人里離れた山深くでドワーフは暮らしているらしい。

歩き続けて二時間ほど。

踏み慣らされた道らしきものを発見し、そこを辿っていくと、小さな集落に出た。

これが話に聞いたドワーフの村のようだが、客が来ていた。

髭だらけの背丈の小さい屈強な男――ドワーフの前に、二人の魔族がいた。

「おいおい、オレたちゃ、こんなクソみたいな場所までわざわざやってきて頼んでんだぜ」

「それを、作れねえの一点張りたぁどういうことだ？　あァ？」

「貴様ら魔族に作ってやる武器などない。帰ってくれ」

「帰れねえんだよ、これがぁ」

「何？」

「ああ。テメェから約束取りつけねえと、オレたちがぶっ殺されちまう」

「ワシの知ったことではない。さあ、村から出ていけ」

魔族たちは顔を見合わせて呆れたようにうすら笑いを浮かべた。

「じゃ、テメェの首でももらって帰るとするわァ――ッ！」

「グシャグシャになって死んでましたってことで報告させてもらうわァ――！」

やれやれ、とヴァンはため息をついた。

「人間だけではなく、ドワーフ相手にもこんな態度を取るのか」

気づいた魔族二人が振り返った。

「ニンゲン……？　どこから出てきやがった」

「まぁいい。まずはテメェから死ねやァア！」

「まるでゴロツキだな。品位の欠片もない」

「そんなオレたちにテメェは殺されびぺぱ」

しゃべる最中に剣で両断したせいか、最後のほうは何を言っているのかわからなかった。

ぼとぼと、と八つに斬られた魔族が地面に落ちる。

ひょん、とヴァンは血を振り払った。

「な――な、何をしやがった……!?　テメ、どんな魔法を使いやがふヴぇあ」

同じくしゃべっている最中に切り刻んだので、最後は何を言いたかったのかわからなかった。

どうして戦闘中に、しかも未知の敵を前にして言葉を発しようなどと思い至るのか。

「ただの斬撃が魔法に見えたのか……?」

その思考回路が残念すぎだった。

ヴァンは二人分の死体を見下ろした。

「手間が省けただろ?　これで、帰る必要も報告する必要もなくなった」

剣を納め、唖然としているドワーフにヴァンは簡単にあいさつをすると、ドワーフの男は、リンドと名乗った。この集落の長をしているそうだ。

「ヴァン殿。さっきは助かった。感謝する」

「奴らを殺すなど、呼吸するのと同じようなものだ」

「ウハハ。呼吸と同じか。愉快なことを言う。今日、二人の魔族は、村には来ていない。村への途中で、道にでも迷ったんだろう」

冗談っぽく言って、眉を持ち上げるリンド。

「この肉片は、そこらへんに放っておけば勝手に獣が食ってくれる。手間いらずだ」

「違いない」

ウハハ、と低い声でリンドは笑った。

礼も兼ねて、ヴァンはリンドの家に招かれた。

ドワーフ用の家のせいか、少々手狭に感じられる。

一人で暮らしているようだった。

話を聞くと、リンドは、家族は魔族の手にかかり亡くなったと言った。

この世の中に、こんな出来事はありふれているのだろう。

飲み物やら食べ物やらを出され、会話もそこそこにヴァンは用件を切り出した。

「今回、頼みたいことがあってやってきた。俺たちのために、武器を作ってほしい」

ヴァンは、西部地方の田舎町で、魔族の支配から抜け出した町があり、今後武器がどうしても必要だということを説明した。

短く刈り込まれた髭を触り、リンドは唸る。

「魔族に知られないように、武器の密造か……」

「難しいか？」

「いや、作れなくはない。鍛冶をやめざるを得なくなった仲間が、この村にはたくさんいる。工房も奥にある。おまけに魔族はあの態度だ。それに歯むかってるあんたたちを応援したくもなる」

「何か問題が？」

「バレれば、ワシらは村ごと虐殺されるだろう」

バレないように気をつけたところで、可能性はゼロにはならないだろう。

ああして魔族が武器を作れ、と言いに来るのだから、どこで綻びが出るかわかったものではない。

もし何かあれば、取り返しのつかないことになるのは、想像に難くない。

リンドは頭を下げた。

「すまない。断らせてほしい。……ヴァン殿に今日、命を救われたことは間違いのないこと。だが、村のみんなの命を天秤にかけるようなことはしたくない。親父の遺言でね……仲間や家族は死んでも守れ、と」

「謝らないでほしい。こちらこそ無理を言った。村は大丈夫なのか？　ああして魔族がいつも来ているのでは？」

「心配には及ばない。奴らもワシらの作った質の高い武器がほしい。ワシらを皆殺しにして困るのは奴らだ。黙って従えばいいのかもしれないが、仇の魔族の言いなりというのは、みんな納得できないようでな。特別なことを――密造した武器を人間に渡したりしない限りは、皆殺しなんてことにはならない」

死ぬことがあったとしても、魂まで仇の魔族には売らない、とリンドは言った。

「リンド殿がいるのなら、村は安泰だろう」

「協力できない代わりに、せめてものお礼として、ヴァン殿の剣を研がせてほしい」

「ん。助かる」

簡単な手入れはできるが、研ぐまではさすがにヴァンもできない。

申し出がなければ頼もうと思っていたところだった。

剣を鞘ごとリンドに渡すと、家と繋がっている工房に案内された。

「見学しても?」

「いいが、面白くもないぞ」

苦笑しながら、リンドは剣を抜き、作業を手早くはじめた。

「少々傷んでるが、いい剣だ」

「ああ。その昔、ドワーフの名工に打ってもらった無銘の一振りだ」

剣を刀身だけにすると、リンドが手を止めた。

ぽつぽつ、と涙声で話しはじめる。

「親父は、死神がいるって言っていた。魔族に死を与える絶対的な存在がいるって。酒呑んだときに『オレは死神に剣を作ってやった』って、いつも自慢げに言ってた」

「俺がその剣を打ってもらったドワーフは、メドレイという」

「……ワシの親父だ。小さくサインが彫ってある」

人間よりも長命のドワーフだ。

二〇〇年前の名工の息子がここにいても何ら不思議ではない。

シュ、シュ、と砥石の上で刀身を滑らせながら、リンドは鼻をすすった。

「いつかきっと来るから、そのときは手を貸してやれって――ワシは、来るわけがないと思っていた。そう言われたのは、一〇〇年以上前のことだ。ヴァン殿がそうだったか。魔族を始末した手腕にも納得がいく」

ヴァンは、無言で作業を続けるリンドの背中を見守った。

「……村で武器は作れないが、ワシ一人がここを離れて『人間の町』で武器を作るのなら、みんなの迷惑にはならないだろう」

「いいのか。生まれ育った村だろう」

そこで、ついに手を止めて、リンダが体ごとヴァンにむけた。

「ワシ一人でもいいのなら、ヴァン殿に協力させてもらいたい」

「メドレイの遺言か」

「それもあるが、ワシも根っからの職人だ。ワシの作った武器が仇の魔族相手にどこまで通用するのか——想像するだけで心が震える」

きっと、男とはそういう生き物なのだろう。

「親父には負けるが、直に仕込まれた腕がある」

「ん。期待している」

ヴァンが差し出した手をリンダが握る。

こうして、ドワーフの鍛冶職人リンドから協力を取りつけることに成功した。

剣聖と革命の時

鍛冶職人のリンドを連れて、ヴァンは同じ道を通りルカンタへと帰ってきた。

長であるシルバに引き合わせ、工房へと案内をする。

「農具や調理器具を作ったり研いだりしていた場所なんだが……使えそうか？」

シルバが不安そうに尋ねると、苦笑しながらリンドはうなずいた。

「少々小さいが、使えないわけじゃない。それに、ここでやるしかないんだろ？」

「ああ。そう言ってくれると助かる」

さっそくシルバが、武器の在庫数をメモした物をリンドに見せながら相談をはじめた。

工房をあとにすると、次は練兵場近くにあるシエラの魔法教室に顔を出した。

教室といっても、屋外で行う魔法の初歩訓練のようなもので、シエラがああだこうだ、と説明しながら、実演して見せている。

初歩訓練をしているのは、まだ幼い子供や、一〇代の子供たちだ。その中に交ざって、メイとアウラもいた。

「順調そうだな」と、見守るシエラに声をかけた。

「あ。ヴァン。おかえり。いつ帰ってきたの？」

「つい先ほど。一人ではあるが、ドワーフのリンドという職人を連れてきた」

「姫様もそうだけど、意外とメイちゃんも才能あるかも」

「確かに意外だな」

二人は隣合った場所で、魔力連環の陣に魔力を流していた。

「姫さんの魔力量ちょっとじゃん。もっとバーッてやんなよ」

「シエラさんがこれくらいでいいってさっき言ってました」

「そんなんだから攻撃魔法覚えらんないんだよ」

「それとこれは別の話で――あ。もう！　放出量が乱れて……また最初から……」

けらけらと笑うメイをむうっとアウラが睨んだ。

相変わらずの仲のようだった。いつものやりとりを、シエラがくすくす笑いながら見ていた。

「メイちゃんは、魔力色が黒と紫だから闇属性で、攻撃魔法じゃないけどちょっと不思議な魔法を覚えたみたい」

ヴァンが首をかしげていると、気づいたメイが走ってやってきた。

「ヴァン、おかえりっ！」

「ん、ただいま」

ジャンプしてくるメイを抱き止めておろした。

「不思議な魔法を覚えたとシエラが言っていたが」

「ああ、あれのこと？　戦いじゃあんま役に立たないけどね」

ししし、と笑いながら、その魔法を発動させた。

魔力を消費させていくと、メイの姿が薄くなったような気がした。じっと再び見れば、きちんとそこにいることが確認できる。

「どう？　ウチの魔法。何したかわかった？」

「『ハイド・シャドウ』か。確かに、ぴったりだな」

初歩のうちは、気配を消す程度の魔法だが、段階が上がるごとに、姿が見えなくなり、声も聞こえなくなるという。

「なんだよー、一発で当てちゃダメだってー」

もお、と言いながら、メイは楽しそうだった。

図書館から持ち帰った魔導書にあった魔法らしく、色々考えて、自分に合っているから練習を積んだそうだ。

「戦いじゃ、ウチはヴァンの役に立てそうにないけどさ、別のところで役に立ってやるんだ」

「ん。期待している」

よしよし、と頭を撫でてやった。

「うん！」

メイに尻尾が生えていたら、全力でぶんぶんと振られていただろう。

工房に行く途中で、シルバからメイの諜報部隊ができつつあると聞いた。これからメイの活躍の場は、もっと増えていくだろう。

それから、シエラに診療所と薬の状況を聞いた。

先日まで傷が癒えてなかった兵士たちも回復していき、ベッドはもう誰もいないそうだ。

ポーションに必要な素材は付近の森から採取できるので、こちらも不足はないようだった。

「ほら、ヴァン、姫様のほうに行ってあげて。こっちをさっきからずうっとチラチラ見てるの。可愛いわね、姫様。『ヴァンと話したいけど今は魔法の練習中だし、でも話したい』って顔に書いてある」

「まあ、ウチは最初から気づいてたけどね。なんかずっとこっち見てるなーって」

シエラに急かされ、アウラのところに行くと、手を振って満面の笑みで迎えてくれた。

「ヴァン、おかえりなさい。ずいぶんと久しぶりのように感じてしまいます」

「離れたのは六日ほどだが、俺も不思議とそう思った」

それまで毎日ずっと一緒に過ごしてきたせいだろう。

「魔法障壁の特訓はどうだ？」

「はい。今は持続力の特訓中です」

「完璧に使いこなせるようになれば、矢も防げるはずだ」

『クロイツの魔法障壁』に弱点なんてないはずだった。弱点があるとすれば、魔族の魔法障壁だけだ。

アウラが矢に負けてしまったのは、使い慣れないのと疲労のせいだろう。

「焦る必要はない。ほんの少し前まで魔法も使えなかったんだ」

仲間が成長すれば、それだけ町はどんどん安全になっていく。

そうなっていけば、ヴァンの魔族殲滅範囲はどんどん広まっていき、魔族から解放される町は増える。

「あのぅ、ヴァン。わ、わたしも頑張ってますよ？」

「え。ああ、そうだな？」

「メイさんにやったやつを、わたしにもお願いします」

よくはわからないが、同じように頭を撫でると、ふにゃあ、とアウラの表情がどんどんゆるんでいった。

「ま、ウチのが頑張ってるけどねー」

「どうしてメイさんはそうやって水を差すようなことを言うんですかっ」

本当に、相変わらず仲が良い二人だった。

ドワーフのリンドは、工房近くの小屋に住むことになり、ほぼ毎日、工房で武器製作に励むことになった。


それから数日後、メイに手を引かれ、ヴァンは工房に連れていかれた。

「工房に何の用だ？」

「いいから、いいから。黙ってウチについてきなって」

何か隠しているらしいメイが、にししと笑う。

工房の中に入ると、リンドが作業を終えたところだった。

「メイ殿か。ヴァン殿を連れてきてくれたか？」

「うん。完成？」

「ああ」

リンドが、刀身を確認した剣を鞘に納め、ヴァンに突き出した。

「ヴァン殿。お嬢さん方からの贈り物だ」

「俺に？」

「お嬢さん方が考えて、それをワシが形にした。今まで打った剣で最高の一振りになった」

「ありがたいが、鉄はどうした」

「そういうことなら、とシルバ殿が魔族の槍を持ってきてな。ヴァン殿にもらったはいいが、身に余る、と」

町を襲いにきたレガスが持っていた槍のことだろう。

受け取ると、思った以上に軽い。ヴァンの愛剣に比べてやや刀身が短い。

小回りが利いて使いやすそうだ。

鞘から抜いてみる。

現れた刀身は、鍛え抜かれているのが一目でわかった。色は、月夜のように艶めく漆黒。

胸の奥で何かが疼いた。兵器としての本能が質の高い武器に共鳴しているのだろう。

「ヴァン、どう?」

「気に入った」

「そりゃよかった。親父の『無銘』にも負けないくらいの代物だ。大事に使ってやってくれ」

ああ、と生返事をしながら、剣に見惚れていた。

「「よかったぁ……」」

アウラとシエラが様子をうかがっていたらしく、中に入ってきた。

「姫さんが、剣をヴァンにプレゼントしたいって言うからさ」

メイがアウラを一瞥して言うと、シエラがうなずいた。

「どんな剣がいいのか聞くのもダメだっていうから、もう困っちゃって」

「あ、あはは……驚かせたくて。それで、四人で相談して、リンドさんに作ってもらったんです」

剣を腰にさげると、愛剣の隣に不思議とちょうど納まった。

「銘は【革命の時《マルセイエーズ》】です。大切にしてくださいね」

「しかし、どうして俺に贈り物を」

「シルバを含め、みんなからの感謝の気持ちです!」

「感謝されるようなことは何も――」

「してるんです!　いつもヴァンはそう言いますけど。なんなら、町のみんなは全員感謝しています!」

姫さん、どうどう、とメイが珍しくアウラをなだめた。

「ん。そういうことなら、ありがたく使わせてもらう。今後も期待してくれて構わない」

いえーい、と女子三人がハイタッチを交わし、リンドが愉快そうに笑う。

新たな剣を手にし、さらに武力を高めたヴァンだった。

剣聖と奪還作戦

魔族の国からルシージャスへやってきた魔族、魔導上級査察官のランプは、能力で自らの姿を怪鳥へと変えていた。

バサリ、バサリ、と翼をはばたかせ、話題のルカンタ上空を旋回しながら、例の少女を探す。

現在、魔族でも魔法障壁は一部の者しか使えない。これは、緻密な魔力制御が必要であるため、他の魔法とはまったく勝手が違うのだ。

人間にも扱える魔法障壁ということは、人間レベルの低出力でも発動するものであることが予想される。

そして、現代にそのような魔法は存在しない。

古代魔法の一種かどうかは、調べればわかることである。

ぐるぐると空を飛び回っているうちに、練兵場のほうへ少女が一人で歩いているのが見えた。

ランプはバレないように高度を下げながら様子をうかがう。

訓練中の兵士がそこら中にいるが、こちらに気づいた様子はない。

すると、魔法障壁を少女が展開した。

「あの少女ですか」

ランプは狙いを定め滑空する。

魔法障壁が消えた瞬間を狙った。

「え――何――」

筋張った足で少女の襟首を掴み、急上昇する。

「は、離してっ！」

近くの兵士が矢を放った。

「いだっ!?」

訓練用の矢がランプの背中、お尻、肩に刺さった。所詮矢じりのない訓練用の矢で、幸い威力は大してない。

飛行に問題はなく、じたばたする少女を掴んだままランプは領主の館まで戻ってきた。

広いテラスに少女を下ろし、ランプは変身を解いた。

「あの兵士め……今度会ったら同じようにお尻に矢をぶっ刺してやりましょう。エリートらしく、華やかに矢を飾りつけしてやります……！」

矢を抜いて放り投げると、帰ってきたのを見ていた下級魔族たちが縄を持って部屋に入ってくる。

「やめてください――！」

じたばたと抵抗するが、縄で縛り上げ自由を奪い、椅子に座らせた。

何度か空から町を見てみたが、戦闘で邪魔になるレベルの魔法が使えるのはこの少女だけ。

むこうでは、ずいぶんと重宝されただろう。

エウベロアを倒したイレギュラーがここにやってくることは予想に難くない。

「下級、中級の魔族のみなさんは、奪還に備えて戦闘準備をお願いします」

ランプが指示を出すと、きっ、と少女がランプを睨んだ。

「なんですか、あなたは……！」

「見ての通り。変身魔法が得意なエリート魔族です。おっと、助けを呼んでも来ませんからね？ここは魔族たちの町ですから。あなたのいたルカンタと違ってね。色々と訊きたいことがあったので誘拐させていただきました。愉快でしょう？」

エリートジョーク炸裂である。

「………」

が、少女は真顔のままだった。

「さて。ひと笑い起こしたところで――」

「いえ、起こってないですよ？」

「あなたのお名前は？」

「ご、強引に押し切る気です……。名前は、言いたくありません」

「では結構。ワタシの名はランプ。出世街道まっしぐらのただのエリートです。可憐なお嬢さん、あなたに質問があります。あの魔法障壁……誰からどのようにして教わりました？」

ぷい、と顔を背け少女は目をつむった。完全にランプを無視する気でいるらしい。

「おやおや。黙秘というやつですか。困りましたねえ」

しゃべりながら治癒魔法をかけ、ランプは矢傷を手当てする。

「エリート考えですが、ワタシ、あの魔法は古代魔法の一種ではないかと予想しているのですが」

「……」

顔は背けたままで、目もつむったまま、何も反応してくれない。

「今、ちょっとだけ眉が動きましたねえ」

「……」

またもや完全に無視された。

「このワタシの質問を、二度三度も無視してぇ……！」

エリート心が傷ついたランプは、さっそく援軍を呼んだ。

「ビスケさん、ビスケさん、いらっしゃいますー？」

「なあにー？　って、もう例のニンゲン捕まえてきたんだー？」

機敏な動きで宙を舞うように羽ばたくビスケが、部屋に入ってきた。

「エリートは、仕事が早いんです」

「キャハハ☆　ルカンタで負けたあの日から、準備する準備するって言って、一か月もかかったもんねー？　早い早ーいっ♪」

「くっ……ビスケさん、エリートを小馬鹿にしないでいただきたい。失敗しないエリートは万難を排すため、まず情報を集めるのが常……時間は多少かかるものなのです」

「ランプのドヤ顔がすごーい」

口では何を言っても勝てないと悟ったランプは、仕切りなおすように一度咳払いをした。

「ビスケさん。このニンゲンが何も教えてくれません。何かよい手はないでしょうか？」

「ランプが嫌いなだけなんじゃなーい？」

「エリートは嫌われませんので」

「何その理屈。超面白ーい♪」

「いえ、笑わそうとしたわけではなく……」

「まあ皮肉だからねー」

「くっ」

悔しそうなランプの顔を見て満足したのか、ビスケはひらひら少女の下へ飛んでいき、何かを耳打ちした。

「そんな！　他の人は関係ありません！　え——妖精？」

少女が慌てたように言って目を開けると、肩に乗ったビスケを見て驚いた。

驚いたのはランプも同じだった。

「いやはやビスケさん、どんな手を使ったんです？」

「んー？　言わないとぉ、無関係のニンゲン連れてきて殺しちゃうぞ☆　って言ったの。効果てきめーん♪　ビスケちゃん、あったまいー！」

「やめてください！　しゃべります、しゃべりますから。お願いします……」

今にも泣きだしそうな必死の形相に、ランプはにやりと口元をゆるめた。

「さすがビスケさん。妖精で体は小さいとはいえ、エッチな体つきを、じゃなくて。肉感抜群の太ももとお尻がなんとも、じゃなくて。……妖精族の悪魔と恐れられた頭脳はさすがですね」

「もぉヤバーいっ。ムッツリが一周してただのスケベになってるー！」

けらけらと笑うビスケが、少女の肩の上で足をぶらぶらさせているため、見えそうで見えないスカートの中が気になって仕方ないランプだった。

「………。さあ。教えてください。あなたが使っていた魔法のことを――」

この少女がもたらした情報が功績となり、さらにランプを出世させることになる。

はずだった。

◆　◆

大工の棟梁カニザレスと武器職人のリンドとヴァンは、罠の仕掛けについて工房で打ち合わせをしていた。

職人気質な二人は、人間とドワーフであるが通じ合うものがあるようで、引き合わせるとすぐに意気投合していた。

打ち合わせが終わってからも話し込む様子だったので、ヴァンは工房を抜けてきた。

町を歩いていると、町民たちが不安げにしていることに気づいた。

これから魔族が攻めてくるのかと一人に尋ねたら、もっと悪いことが起きていた。

「姫様が鳥にさらわれたっていうんだ」

「さらわれた？　アウラが？　鳥に？　……鳥に？」

どういう状況だろうか、と想像してみたが上手く思い浮かばない。

頭の上に疑問符を浮かべながら、シルバ宅に戻った。

部屋に入ると、神妙な面持ちでシルバとメイ、シエラがテーブルで顔を突き合わせていた。

「おい、シルバ。アウラはどうした」

「それが、怪鳥がやってきた。翼を広げれば一〇メートルはありそうな、大きな鳥。空から降りてきて、アウラ様を摑んで飛び去った」

「矢は？」

「当たったが訓練用だ。逃げられた」

ルシージャスの町で情報収集にあたっていたメイが、

「でっかい鳥、ウチも見たんだ。領主の館の中に入っていった」

「町の人たちも飛び去ったところを何人も見てたみたいで、それが広まってみんな動揺してるみたい」

と、シエラ。

「シエラ。すまないが、町民たちの対応を頼めるか」

「うん。任せて」

シエラが出ていくと、ヴァンはメイに確認した。

「魔族の仕業、ということでいいんだな？」

「それは間違いねーと思う」

「野鳥にさらわれたわけじゃなくて安心した。シルバ、アウラが囚われたというのは確かだ。敵の目的がわからない以上、悠長にはしていられない」

もしエスバル王国の姫だということが知られているなら、見せしめ処刑されることだってあり得るだろう。

「わかっている。図書館から魔導書を奪ったときから、もう私の腹は決まっている。準備時間も稼げた」

「ん。兵士はあれから戦闘を経験した。練度も上がった。たとえ俺が不在でも、三日くらいもつだろう」

「何を言っている。一週間だ」

「フン。頼もしいな。だが……一か月と言ってほしかった」

手厳しいな、とシルバは苦笑した。

外から鐘が何度も激しく打ち鳴らされた。

シルバ、メイの顔が強張る。敵襲の鐘だ。

すぐにどたばた、と騒がしい足音がすると、シルバの部下が部屋に飛び込んできた。

「隊長！　約一二〇〇ほどの魔物部隊です！　町へむかって真っ直ぐ進軍中！」

ヴァンがどうするか目で訊くと、シルバがルシージャスのある方角に顎をしゃくった。

「こちらよりも、今はアウラ様だ。それはヴァンにしかできない。行ってくれ」

「救出しても帰る場所がなくなってるなんて、笑えないぞ」

「抜かせ。言っただろう。一週間は持ちこたえると。なんだ、そんなに時間がかかるのか？」

シルバのわざとらしい軽口に、ヴァンは小さく笑った。

バシン、とシルバと手を叩き合わせ、ヴァンは守備を頼む、とだけ言い残し部屋から出ていく。

メイもついてきた。

「どこへ行く気だ？」

「レバンテの村。援軍をちょっとね」

援軍が何なのかすぐにわかった。

「気をつけるんだぞ」

「うん。じゃね」

黒馬に乗り、ルカンタの町を出る。メイは別の方角へ馬を走らせていった。

ヴァンが馬を疾駆させると、すぐにルシージャスが見えてきた。

町の前には、二小隊（八〇人）規模の魔族が隊列を組んで待ち構えている。

すでに準備済みなあたり、計画的にアウラをさらったらしい。

どうあっても奪い返されるのは阻止したいようだ。

「ずいぶん警戒されたものだ」

ぐんぐん距離を縮めていく。

「どれだけの大部隊が来るかと思えば、たった一人！　ハーッハッハッハ！　本国のエリート様はよっぽどニンゲンが怖いらしい！」

魔族の一人がでかい声で話すと、どっと部隊から笑いが起きた。

「たった一人で何しに来やがったー！」

「オレたち魔族を舐めるのもたいがいにしやがれェ！」

「おい……単騎ってまさか……」

「どんなヤツかと思えば、ガキじゃねえか！」

「単騎で、ガキ――？」

「ハッハッハ、ニンゲンごときが剣を持ったところで魔族に敵うわけねぇだろォ！」

「順次魔法を放てェ！」

火炎魔法、氷水魔法、風魔法、数種類の魔法がこちらへ飛んでくる。

ヴァンは身を低くして剣を抜き放つ。

魔法を斬り、手綱捌きで回避し、またさらに魔族の二小隊へ接近した。

「くっ！　当たらねェ！」

「魔法を斬っただと――!?」

「馬だ、馬を狙え！」

大半は魔法を撃って撃って、撃ちまくっているが、一部の魔族は違った。

「単騎の黒馬で、ガキで剣士――。あ、ぁあああ!? 間違いねぇええぇ、あいつだぁああああああああ!?」

前回のルカンタ戦での残存魔族だったらしい。

十数人が攻撃もせず、一斉に逃げはじめた。

「ん。敵わない相手を前にしたとき、逃げるのは正しい選択だ」

逃げるな戦え! ニンゲンごときに逃げるとは魔族の恥さらしが!

部隊長から怒号が飛んでいるが、さらに逃走者は増える。

ヴァンは動揺しまくりの魔族部隊に馬で突っ込む。

体当たりを食らった魔族数人が吹き飛び、町の外壁にたたきつけられた。

無銘の愛剣を右手に、黒剣・マルセイエーズを左手に持ち、混乱する魔族たちを問答無用で斬り殺していく。

一振りすれば魔族の体が裂け、別の者は両腕が飛び、また別の魔族は首が刎ね飛んだ。

ヴァンが腹の底から雄叫びを上げると、魔族全員が萎縮した。

部隊を通り抜け、再度突っ込もうと馬首を巡らせると、散り散りになって逃げだしている。

「俺を迎撃するには、少々人数が足りなかったな」

馬腹を蹴り、ヴァンは殲滅戦に移る。狙いを一人に定めた。

「ひぃいいいい!? イヤだぁあああああ」

「同じことを言った人たちを貴様たちは助けたか? ……違うだろ」

二小隊八〇人を完全殲滅するまで、一〇分もかからなかった。剣聖VSエリート魔族。

◆ランプ◆

「——これが、わたしの知っているすべてです。もう放してください」

「なるほど、なるほど。合点がいきました」

囚われの少女はランプに洗いざらい話してくれた。

使っていた魔法障壁は古代魔法のそれであり、それは、町にいる少年から教わった、と。

「貴女の利用価値はまだ十分にある。これからワタシと本国に行ってもらいます」

「そ、そんな——約束が違います！」

「魔族がニンゲン相手に約束を守るなんて、本気で思っていたんですか？」

人間でも使える魔法障壁となれば、魔族が使いこなせないはずがない。

古代魔法の魔法障壁の情報とそれが使える少女を持ち帰れば、魔導査察官として出世できる。

「フフ、グフフフ」

ランプは笑みをこぼさずにはいられなかった。

『外騒がしいからねー、ビスケちゃん様子見てくるー』と言って、ビスケが出ていったが、まだ戻ってこない。

ゾゾゾゾ、と悪寒のようなものをランプは感じた。

正門のほうからだ。獣の咆哮のような声も聞こえた。

部屋の窓からぴゅーん、とビスケが中に入ってきた。

「た、大変、大変！　ランプ、大変っ！」

「ビスケさん、どうしましたか、血相を変えて。らしくもない」

「な、何かと思ったら、あれ、魔導兵器じゃないっ！」

？　と、ランプが聞き慣れない単語に首をかしげると、またゾゾゾと悪寒がする。

ビスケが窓から顔を出した。

「うげげぇ!?　外にいっぱい魔族がいたのに！　もうほとんどいないしっ」

「侵入者……いや、ニンゲンの奪還部隊ですか？」

「奪還部隊とかそんな可愛いものじゃないってばー！　戦略兵器だってー！」

あわあわ、とこんなに狼狽しているビスケははじめて見る。

「うげげっ!?　もう町の中入ってきてるじゃんっ。この子を奪い返しにきたんだよーっ」

「戦略兵器……？」

ランプが窓から外を見ると、閉じたままの門の内側で、人間らしき少年が味方を魔法か何かのように殺していっている。

「な、何ですか、あれは……!?」

「兵器……もしかしてヴァンが来たの……？」

先ほどまで悲しみに暮れていた少女の表情が、ぱあっと輝いている。

ビスケが少女を振り返りぎょっとした。

「ちょっとちょっと、あなた今ヴァンって言った？　『近接の第七子《セブンス》』じゃん。ジョンテレやレガスやエウベロア様が敵うわけないのも納得ぅぅ……。どうしてこんな辺境の地で、しかもまだ稼働しているなんて……」

ランプは、さっぱり状況が呑み込めなかった。

「ビスケさん、その魔導兵器というのは一体……」

「何で知らないのー！　これだからぽっと出のクソエリートは。要は、魔族を殺すために存在している古代兵器のこと！」

ノンノン、とランプは人差し指を振る。

「ビスケさん。ぽっと出のクソエリートではありません。この少女を本国へ連れ帰れば、魔導査察次官に昇進するであろう、エリートオブエリート、ランプです」

キリッとキメ顔でビスケに流し目をするランプ。

「ふわぁあああ!?　もうそこまで来てるぅー!?　ヤッバッ！　ここらへんの雑魚魔族じゃ太刀打ちできない感じじゃんっ」

まったく聞いてないビスケは、エリートの説明を丸っと無視していた。

「辺境の田舎で楽しく暮らせてたのにぃ。ルカンタが落ちないのも当然だよぉ……。ビスケちゃん、ここらへんでお暇《いとま》しまーすっ♪　ランプ、逃げるんなら今のうちだよー？」

「古代兵器……ということは、古代魔法のことも知っているはずでは――？」

はっとランプは何かに気づく。点と点が繋がった。

魔法障壁は、町にいる少年に教わった、と少女は言っていた。

「話を聞き出すことができれば、次官どころか長官にまで出世してしまう——!?」

「ビスケちゃん、ちゃーんと忠告してあげたんだから、恨まないでね? じゃあねー☆」

ぴゅーん、とビスケが窓から飛び去っていった。

「アウラ————! どこだ、返事をしろ————!」

外から大声が聞こえる。

泣きそうなほど少女が顔をくしゃくしゃにして叫んだ。

「ここです————! ヴァン! 館の中です! わたしは、ここにいます————!」

◆ヴァン◆

アウラの声が丘の上にある館から聞こえた。

「あそこか」

黒馬を駆って、ゆるい坂道を疾走させる。

もう攻撃してくる威勢のいい魔族はいなかった。

視認した魔族は残さず倒したが、密かに逃げた者は何人もいるだろう。

館の大層な扉の前にやってくると、ヴァンは馬を下りた。

「助かった」

黒馬ベジェリンの首筋を撫でて礼を言う。

早く行けと言わんばかりに、ベジェリンがビヒィと鳴いた。

鍵のかかっていない正面入り口から館に入る。

吹き抜けになっている大きなホールはがらんとしていて、誰もいない。

「あなたが魔導兵器ですか――」

二階へ続く階段の上で、魔族の男がアウラの頭を掴みながら出てきた。

ギリギリ、と力を込めて握っているのか、アウラの顔が痛みにひきつっている。

「魔族。その手を離せ」

「できませんねぇ。質問に答えてください。この少女に古代魔法の魔法障壁を教えたのはあなたですか？」

他の魔族に比べて、早く魔法を発動させた。

アウラに手のひらをむけ、魔法を放つ。

眼前を通り過ぎた魔法が、ガガガガガ、と階段や廊下を破壊した。

「次は当てますよ？」

「俺だ。俺が教えた」

「フフン。ビスケさんがずいぶんと怖がっていましたが、このエリートにかかればこんなものでしょう。ヌフフフ」

情報くらい安いものだろう。アウラの安全が買えるのなら。

それに、情報はどこにも漏れない。どの道殺すのだから。

「もう一度要求する。その手を離せ」

「おっと。こちらの話はまだ終わっていません。動かないでください。身動きひとつすれば、この少女が吹き飛びます」

それから、古代魔法に関しての質問にヴァンは答えてやった。

ヴァンが古代魔法を教えた、というのは、アウラから漏れたのだろう。

ずいぶんと古代魔法に執心のようだ。

「なるほど。あなたはその大賢者にその魔法を教わった、と——」

ふむふむ、と何か考えた瞬間だった。

ヴァンが一気に動く。

瞬き一度にも満たない時間の中、十数メートル離れた二人の下へ走る。

「——！」

魔族が反応したが、もう遅い。

そのときには放った斬撃が、腕を両断していた。

「ぎゃぁああ、ワタシの、ワタシの腕がああああ!?」

まだアウラの頭を掴んでいる腕を引っこ抜き、窓の外に放り捨てた。

アウラを縛っている縄を切る。

「ヴァン」

自由を得たアウラはヴァンに抱きついた。

「すまない、遅くなった」

「ごめんなさい、わたし、魔法のことを色々としゃべってしまって……」

「いや、いい。どうせ始末する」

震えているアウラを抱きしめて、それから離した。

「すぐに戻る。危なければ魔法を使って身を守ってくれ」

「はい」

ヴァンが振りむくと、魔族が治癒魔法を使っているところだった。

「まったく、このエリートの腕をぶった斬って――」

傷口から、みるみるうちに腕が生えてきた。

人間は自然治癒能力を高めるだけで終わる治癒魔法だが、魔族が使えばああなる。

「ワタシは、魔導上級査察官のランプと申します。エリートは常勝無敗。あなたも本国に連れ帰ってあの少女とともにあれこれ体をイジらせてもらいます」

礼にのっとり、ヴァンも名乗り返す。

「旧エスバル王国軍クロイツ特務隊、魔導人形《ナンバーズ》『第七子』のヴァンだ。おまえを殺す」

「面白い冗談ですねェ！」

ポッと小さな魔力の玉が、ランプの指先すべてにできる。先ほども使った無属性の魔力弾だ。

属性魔法として発動する前の魔法なので、魔力消費は属性魔法に比べて少ない。

簡単に思われる半面、繊細な魔力制御が要求される難易度の高い攻撃魔法だ。

エリートというのは、口だけではないらしい。

一〇発の魔力弾をヴァンは全弾叩き斬る。

ほう、とランプが眉を動かした。

「貴様も、他の雑魚と同じだ。自称エリート」

「自称ではありませんッ！」

さらに魔力弾を作っては撃ち、作っては撃つことを繰り返す。

……が。

ヴァンは一切を封殺し、寄せ付けない。

「おおおのれぇぇぇえええええええええ！」

青筋を浮かべたランプの体が激しく光る。

次の瞬間、ランプが巨大な人型の魔物、トロールへと姿を変えた。

「ヌハハハハ、これが、ワタシがエリートたる最大の理由」

「変身魔法、か」

硬い硬い皮膚を持ち、通常の刃ではまず通らないことで有名だ。

「魔法を使わないところを見ると、近接戦闘が得意のようですねェ。だが――近接戦闘が得意なのは、あなただけではないんですよォ――！」

フォン、と風を切り、トロールランプが振り上げた腕を下ろしてくる。

それを回避すると、今度はもう片手で先ほどの魔力弾を放ってきた。サイズもトロールクラスの大きさだ。

魔力弾を両断すると、館に大穴が二つあいた。

拳での攻撃、魔力弾での攻撃、それを交互に繰り返す。

「ヌハハハハハ、大したことないですねェ。戦略兵器とやらも――――!」

「それはこっちの台詞だ。エリートも大したことがない」

「あなたたちの町をゴブリン、コボルト、オークの混成部隊の一二〇〇が襲っています! クハハハ! 今頃もう町は蹂躙されているかもしれませんねェ!!」

「一週間持ちこたえる。あいつはそう言った」

「だといいですがねッ!」

振るってきた拳に、黒剣・マルセイエーズを一閃。

ばっくりと拳が左右に裂けた。

「ぎゃぁあああ!? ただの刃が通るなんてェえええええ」

「通常ならまず不可能だったろう」

二剣を振り抜く。

バツン、と巨大な腕が館の内装を無茶苦茶にしながら吹っ飛んだ。

「グゥウ……ッ!」

「人間基準で俺を計るから誤る――それだけのことだ」

「エリートは、不敗であるッ！」

溜めに溜めた必殺の一撃は、今度は手からではなく口からだった。

「何が不敗だ。強い敵と戦ったことがないだけだろう。……遅い」

剣聖が斬撃を放つ。

二剣の銀閃と黒閃が、光を凌駕する速度でトロールランプを襲った。

肉と骨を同時に叩き斬る重い衝撃が、手に残る。

幾万と経験した即死の感触だった。

ドォオン、と激しい炸裂音を上げ、魔力弾が口の中で暴発。

トロールランプは自分の魔法で焼かれ、そこでようやく倒れることを許された。

「この程度で近接戦闘が得意？　笑わせる」

二剣の血を振り払い、ヴァンは鞘に納めた。


――同時刻。

ランプが仕組んでいた魔物部隊がルカンタの町を強襲していた。

が、リンドとカニザレスの職人コンビの強化された罠で敵を混乱させ、メイが連れてきた魔犬の群れが後方から攻撃し、さらに混乱させた。

練度の上がった弓隊の射撃の成果もあり、敵を町に寄せつけることなく、撃退に成功した。

こうして、ランプの目論見はすべて破れた。

旧エスバル王国領西部地方の小都市、ルシージャスを解放。

同地方の町、ルカンタの防衛戦に勝利。

ルカンタを中心に魔族と戦う人々のことを、世間が解放軍と認知するようになるのには、そう時間はかからなかった。

再び祝勝祭

ヴァンは、アウラとシルバに付き合わされ、ルシージャスの人間との会合に引っ張り出されていた。

アウラを救出した翌日のことだった。

「俺がいても意味はないと思うが」

「この町を解放した英雄が、何を言っているんですか」

護衛としてついてきたが、まさか市長との会合の席にまで呼ばれるとは思わなかった。

六人掛けの席のひとつにヴァンは座らされ隣にはアウラがいて、そのさらに隣にシルバがいる。

むかいには、ルシージャスの内政を把握している元領主の執事と、地方に貯めた金を回収して帰ってきたこの町出身のアロンソがいた。

「ヴァン殿、このたびは何度お礼を申し上げていいやら……」

と、何度も執事にお礼を言われた。

「ヴァン殿の武勇はさすがですな。ハッハッハ」

元行商人のアロンソが大笑いすると、アウラとシルバがまんざらでもないような顔をする。

なぜそこで二人が反応するのか、と聞きたくなるヴァンだった。

長い長い話を要約すると、ルカンタの町との連絡の取り方や、志願兵の扱いと訓練、物資流通の話など多岐に亘《わた》った。

内政を把握している執事を代表とすることに決まった。

テーブルの下の誰も見えないところで、こっそりアウラがヴァンに手を重ねる。

「長いですね？」

小声でこっそり耳打ちしてきたアウラが、くすっと笑う。

「まったくだ」とヴァンも肩をすくめた。

ようやく会合が終わり、市長の家をあとにすると、大通りはずいぶんきれいになっていた。

昨日、ヴァンが魔族を殺しまくり、死体がごろごろ転がっていたのだ。

「ルシージャスを単独で落とした人間がいる、と周囲に知られているでしょうから、魔族もルシージャスに手を出すのは慎重になるでしょう」

ヴァンの存在が抑止力となっているだろう、というのがシルバたちの見解だった。

「しばらくは、のんびりできそうですか？」

「アウラ様たちはそうですね。私は、ルシージャスで志願兵を募って、また一から訓練の日々です」

ルシージャスには、元領主の私兵だった者が多く残っているそうで、ルカンタほど苦労はしないだろう、とシルバは言った。

物資の物流を管理しているアロンソは、まだ残って話すことがあるそうだ。

三人がのんびり帰ってくると、メイが町の外でジャンプしながら手を振っていた。

「ヴァーン！　何のんびりしてんだよー！」

「どうかしたか」

「どうかしたじゃねえよっ。祝勝祭だぞ、今日は！」

町の人たちがルシージャス解放を記念して企画したものだった。

ルシージャスの魔族が蓄えていた食料や物資を分けてもらったことが大きいのだろう。

「毎月やるつもりなのか」

「細けえことはいいだろ？　もう、馬はオッサンに預けて、早く行こうぜ」

遊んでほしくてたまらない犬のように、メイがヴァンの服を引っ張った。

「アウラ様はよろしいのですか？」

「……はい……、わたしは、ジャンケンに負けてしまって……メイさんの次なんです」

しょぼーん、とアウラは肩を落としながら言う。

一番目から、メイ、アウラ、シエラ、という順番で、ヴァンはお相手を務めることに今朝決まった。

朝食前の早い時間から、女たちの熱い戦いが行われていたことは、ヴァンもシルバも知るよしもなかった。

「早く、早く。ヴァン、何食べたい？」

するっとメイが腕を組むと、恨めしそうな目でアウラが見ていた。

「姫さん、口出したらダメだからなー？　乙女協定だから」

「わかってますー！　だから黙ってるんじゃないですか……」

「『乙女協定？』」

「これは内緒です」

ヴァンとシルバの声が揃った。

「そ。男には内緒」

おほん、とわざとらしい咳をシルバがする。

「アウラ様。僭越ながら、このシルバ、午後は丸ごと空いておりますゆえ……」

「シエラさんと時間まで遊ぶので、大丈夫です」

「そ、そうですか……」

「オッサン、フラれてやんの」

「誰がオッサンか――！」

けらけらと笑うメイが、ヴァンの腕を引っ張って走り出す。

以前の祝勝祭のときのように、町全体に屋台が出ていてどこでも何かを食べられるようになっていた。

「ヴァン。奇遇ねー」

すっと物陰からシエラが出てきた。

「ああ。どうだ、町の祭りは」

「まあまあかしら？」

シエラと遊ぶと言っていたアウラは、遠くからヴァンとメイを見つめていた。

「うげ。姫さん、あんなところから見つめなくても……」

「乙女協定、ずいぶん気にしているみたいだから」

本当に真面目よね、とシエラがくすくす笑う。

バレているとも知らずに物陰から、アウラが悲しそうでいて悔しそうな顔でこっちを見ている。

「シエラさん………順番を守ってください………」

つい馴染んでいたせいか、メイがはっと気づいた。

「っていうか、今はウチの時間なんだから、ねーさんはどっかいけよー！」

「仕方ないじゃない。たまたま、同じ場所にいたんだから」

「ぜってぇわざとだ！　乙女協定ちゃんと守れよ！」

「もうー、メイちゃん何言ってるの。ちゃんと守ってるじゃない。たまたま、行く店が一緒なんだから仕方ないじゃない」

「あ、きたねぇ！」

どこかに行くだの行かないだのと、メイとシエラがギャースカ騒ぎはじめたので、ヴァンはこっそり場を離れ、静かなところへ行くことにした。

いつもの見張り台にやってくると、見張りの兵士と代わってもらう。

すぐに、周囲を気にしながらアウラが上までやってきた。

「たまたま来たら、ヴァンがいたんです。そうです、たまたまなんです」

「誰に言いわけしてるんだ」

「乙女協定にです。やっぱり静かなところが好きなんですね」

「騒がしいのは戦場だけで十分だろう」

「そうですね。……あの、昨日は、ありがとうございました。本当に、わたし、どうなるかと思って……」

「怖い思いをさせたことは、こちらこそ謝らないといけない」

「わたしの不注意もありました。あそこで魔法障壁を展開できていれば、さらわれなくて済みました」

「もう終わったことだ。アウラは無事で今ここにいる。それが全部だろう」

そうですね、とアウラは笑った。

「ヴァンの声が聞こえたとき、本当に嬉しかったです。これは、助けてくれたことのお礼です――」

ちゅ、とアウラがヴァンの頬にキスをした。

「み、みみみ、みなさんには、ななな、内緒ですよ?」

「アウラ、顔が赤いぞ」

「暑いんです、暑いだけです！　……ヴァンは、全然動じないんですね……慣れてるんでしょうか……？」

ぼそぼそと言って、不安そうにアウラはこっちをうかがってくる。

「ど、どう、思いましたか」

「？　さっきの口づけのことか」

「そ、そうです――――っ！」

「主君とすべき方からの感謝の言葉と褒美の口づけは、至極光栄に思った」

「重っ!?　そ、そういうことではなくて……んもう、思っていたのとなんか違います……」

それから「けど、ヴァンらしいからいいです」とアウラはくすっと笑った。

「わたし、これからもっと色んな人を助けて守れるように頑張ります！　だからヴァンも、お手伝いお願いしますね？」

「ああ」

するっと腕をアウラが絡ませると、ヴァンの肩に頭を乗せた。

「独り占めです♪」

祭りの喧騒がほんの少しだけ聞こえる見張り台で、アウラは楽しそうにつぶやいた。

チドリ

「ヴァン、戦力になりそうな味方に誰か心当たりはないか？」

深夜に、シルバと魔族対策について話し合っていると、そんなことを尋ねてきた。

ルカンタの町付近では、割と大きな町であるルシージャスを解放してからというもの、守るべき町がふたつになり、シルバは防衛力向上に余念がなかった。

きっと、不安もあるのだろう。

「俺が見たところ、志願兵の練度は上がってきている。ルシージャスに元々いた領主の元私兵たちは、思ったよりも質は高かったし城壁も堅い。何より、自分たちの町を取り戻せたことで士気はずっと高い。攻め込まれたとして、ひと月は持つだろう」

「そうだが……」

「焦るな。心配になるのもわかるが、おまえがどっしり構えてなくてどうする」

他に誰もいないせいか、ぽつぽつ、とシルバはこぼした。

「一兵卒であれば、どれほど気が楽だったろうと思うことがある。前線で弓を引いてときには槍を振るって……」

「アウラにも同じことを言えるか？」

苦笑してシルバは首を振った。

「そうだな。すまない。聞かなかったことにしてくれ」

「俺は、いつだって最前線で戦うことだけしかできないし、人の上に立つ者の苦労も気持ちもわからないが……話くらいならいつでも聞いてやる」

何もかも順調だぞ、とヴァンは気休めを口にした。

「年がいもなく、情けないことを言ってしまったらしい」

「いや。いい。打ち合わせは、ここまでにしよう」

ヴァンは部屋の隅に置いてある酒瓶を摑んで、キッチンからグラスをふたつ持って戻った。

ルシージャスで魔族がため込んでいた食料や物資の中にあった戦利品のひとつだ。

魔族に敗れてからというもの、酒類の嗜好品は取り上げられ、最近までほとんど口にすることはなかったそうだ。

「ヴァンが吞めるとは意外だ」

「酔いはしないがな」

「今吞んでしまうと、愚痴が止まらなくなりそうだ」

「やめるか？」

「いや、せっかくだ」

酒を注いだグラスをカチン、と簡単にぶつける。

シルバは、風味を楽しむようにちびりちびり、と口をつけた。

しばらく、酒の肴にお互いのことを話した。

ヴァンには想像できない、町長としてのシルバの戦いは、なかなか気苦労が絶えないようだ。

シルバ自身が口にしたように、前線で戦うほうが気楽なのかもしれない。

「……私は、人類を救おうなどとは思っていない。だが、王家に仕えた騎士ゆえ、姫様……アウラ様をいるべき場所へお連れするのが使命だと思っている」

「つまるところ、エスバル王国の奪還か」

早くも目元を赤くしたシルバは、勢いよく話しはじめる。

「ああ、そうだ、非情な物言いに聞こえるかもしれんが、他国のことなど、私にはどうでもよいこと。そこまで考えられぬ。少し前までは、町で民を見張っている魔族に殺されるのがオチだと思っていたくらいなのだからな」

酒精の混じる鼻息を荒く吐いた。

「王都を奪還し、すべてを取り戻すなどと夢物語だった。だが、アウラ様がおまえを連れてきた。……やらないでは、いられないではないか。夢物語が、そうでなくなる日を、私も見たいのだ……」

「忘れているかもしれないが、俺とて王家に仕えた大賢者クロイツの子。目標とするところはおまえと同じだ」

手酌で酒を少し注いで、カチン、と再びグラスを合わせる。

酒が回って赤くなる顔で、シルバは笑った。

「私とおまえは同志だ」

「呑むのはそろそろやめておけ。朝後悔するぞ?」

ヴァンの注意も聞こえないのか、ぐいっとシルバはグラスを呷《あお》った。

「……戦力になってくれる味方、か。シルバ、いないわけでもないぞ」

「む。誰かいるのか?」

「二〇〇年前の戦友だ。そいつが生きている保証はない上に、どこにいるかもわからない。それに力を貸してくれる保証もない。現実的とは言えない」

「ちなみに、それは誰なんだ?」

「エルフだ。弓と風属性魔法が得意だから、防衛力を上げられるこれほどの人材はいないだろう」

「なるほど。第三次大戦で共に戦った戦友、か……」

目覚めてからエルフを一人たりとも見てないので、ヴァンの戦友どころか、エルフがどこにいるのかもわからなかった。

「私の知り合いにエルフは、いないいな……」

「捜すにしても骨が折れる。別の機会にしよう」

こんこん、と音がして振りむくと、メイが開いている扉をノックしていた。

「エルフを仲間にしてーの?」

「なんだ、聞いてたのか」

まあね、とメイがヴァンの隣に座る。

「男同士の渋い会話につい聞き惚れちゃって。入るタイミングを待ってたんだ」

ヴァンのグラスを取ろうとするメイから、グラスを遠ざける。

「えぇぇー、ウチだって飲みてーのに」

「子供の飲み物ではない」

挑発的な上目遣いで、メイは服を何度も引っ張って、胸元を見せてくる。

「ベッドで子供かどうか確かめてみる?」

ゲホゲホ、とシルバがむせた。

「オッサン、何エロいこと想像してんだよー」

「ゴホ、ゴホッ……。想像してない。……付近の村と町の調査報告を」

「別になーんも変わりなし。見張りの魔族たちも普通だし、人間を虐殺しはじめる、なんてこともないよ」

ゲホン、と最後に大きな咳をして、「そうか」とシルバはまとめた。

「あ、それで、さっきの話。ウチの知り合いにいるよ。旅のエルフ。どこにも行ってないんなら、商業都市ロズワーズにまだいると思う」

商業ギルドのマスターに会いにいった町で、メイと出会った場所でもある。

「ウチってば、色んな仕事してたから、結構知り合い多いんだよね」

「旅をしているなら、同族のエルフについても何か情報を持っているかもしれない。メイ、明朝むかおう」

「はーい」

話はすぐにまとまった。

翌朝、二日酔いで頭痛真っただ中のシルバとアウラに用件を告げて、ヴァンとメイは家をあとにした。

シルバからもらった黒馬に乗ったヴァンは、メイを後ろに乗せ、ロズワーズへ馬を走らせる。

到着予想よりも早く、メイの嘘八百で門兵の下級魔族を騙し町の中へ入った。

「エルフちゃんとは、船荷の確認の仕事してるときに知り合ったんだ。無表情であんまりしゃべらないけど、なんか意気投合しちゃってさ」

名前何だっけなー、と思い出せないままいるメイの案内に従って、路地裏の小さな酒場にやってきた。

「そのエルフちゃん、旅してここまで来たらしいんだけど、ここのおっちゃんが気のいい人でさー。金がなくなったその子を住まわしてあげてんだ」

扉を開けると、メイの言った中年の主人がいた。

カウンター席が数席あるだけの手狭な店内だった。

「おう、メイちゃん。久しぶりだな。今日はどうした？」

「久しぶりー。あのエルフっ子どこ？　あの子に用があってきたんだけど」

「ああ、あの子か。あの子は、ちょっと前に町を発ったぞ」

「えええええ。ちょっと前ってどれくらい前?」

「二週間ほど前だ。知ってるか、男を捜してずうっと旅してんだと。いやぁ、あんな綺麗なエルフにオレも追いかけられてみてえよ」

はっはっは、と大笑いする店主。

「どこへ行くかは言っていなかったか?」

ヴァンが訊くと、顎の無精ひげを撫でながら店主は首をかしげる。

「ううん……どうだったかな、そいつは聞かなかったなぁ……」

「そうか」

「ヴァン、どうする? ウチがあてにしてたのは、そのエルフちゃんなんだ」

申し訳なさそうに目を伏せるメイの頭を撫でた。

「気にするな。もしかすると、隣の町に移動しただけなのかもしれない」

ヴァンはメイを励まして、店をあとにした。

「隣町を次は捜索しよう」

「待って、待って!」

メイは口をへの字にした。

「諜報員の意地に懸けて、エルフちゃんがどこに行ったのか調査するから、ヴァンはちょっと待ってて!」

ふんす、と鼻息を荒くして、メイは大通りの人ごみへ消えていった。

どうやら、ヴァンに無駄足を運ばせてしまったことに責任を感じているようだ。

口調も態度も気軽なくせに、意外と責任感が強いらしかった。

落ち合うにしても連絡手段を決めていなかったので、仕方なくヴァンはその場で待つことにし、石段に腰かけた。

魔族が支配している町だというのに、商業都市とあって人は多い。

人間は強い種なのだなと改めて思った。

エルフは男女ともに美男美女の亜人種だ。横に伸びる尖った耳も特徴的だし、数自体も少なく、巷で目にすることも少ない。

もし、メイがあてにしているエルフを見かけたのなら、覚えているだろう。

「おい、知ってっか」

「何を?」

二人の男が、立ち話をはじめた。

「魔族ざまーみろっていう話なんだけどよ」

「声でけーって。聞かれたら殺されるぞ」

くっくっく、と話しかけた男は愉快そうに肩を揺らした。

「本当に、これが痛快なんだ」

「何の話だよ」

「魔族を襲うやつがいるらしい」

「はァ？」

「本当本当。それでな。魔法も届かない遠ぉ～くから矢を射るんだ。それが超正確で、先週一人魔族がその矢でやられたらしい。怪我人も出まくり。とっ捕まえようと近づけば、何せ距離が遠い。ひらりと逃げて隠れちまうんだと」

「魔族を的にしてるみてえだな」

「実際そのつもりなんじゃないのか。わざわざ魔族を攻撃するってことは、ルカンタの町のやつかな？　何回も魔族と戦ってるらしいじゃないか」

ルカンタの町にそんな射手はいただろうか、とヴァンは首をかしげる。

「すまない。その話、もう少し詳しく聞かせてほしい」

座っているヴァンが話しかけると、男は知っていることを気前よく話してくれた。

その魔族に『イタズラ』をする何者かの噂は、ここ最近のものだそうだ。

「ちょっとした腕試しみたいなモンだろうって、みんな言っててよ」

「ずいぶんとリスキーな腕試しだな」

フッとヴァンは小さく笑う。

「そりゃあ、鬱憤が溜まってんだろうよ」

違いねえ、ともう一人の男が笑った。

狙う魔族は、町の門番だったり、移動中の者だったり、とこだわりはないらしく、目についた魔族は片っ端から攻撃しているらしい。

「ずいぶんとイイ趣味をしている」

ヴァンが言うと、同意した男たちが笑った。

メイがまだ戻ってこないが、ヴァンはこの場を離れることにして、男たちに伝言を頼んだ。

「赤毛の少女がここらへんに戻ってくる。そのときは手掛かりをつかんだとだけ伝えてほしい」

そう言い残して、ヴァンは馬屋に預けていた愛馬を引いて門へ移動する。

「おい」

門番をしている魔族の一人に声をかけた。

「あァ？　何か用か」

「おまえたち、最近弓で狙われているらしいな」

例の話題をあげると、魔族が嫌そうに眉をひそめた。

「とっとと失せろ」

機嫌悪そうに魔族がヴァンに顎をしゃくる。

「ん。噂をすれば――」

風が鳴る中、空を飛ぶ矢が弧を描いてこちらへ落下してきた。

空を見上げると、チッと魔族が舌打ちをした。見事な直撃コースだ。

ヴァンは矢が放たれただろう方角を見ると、コートのフードを被った何者かが弓を再び構えたところだった。

「あの距離から……」

離れすぎていて、ここからでは人差し指の指先よりも小さく見える。

「フレイムバレット！」

魔族が片手をかざし、魔法の炎弾を放ち矢を焼き払った瞬間だった。

イィィィィィイイン、と凄まじい速度で矢が一直線に飛来する。

矢じりが一度鈍く輝いた。

「なるほど。降ってきた矢は囮というわけか」

「く――」

狙われた魔族の反応がワンテンポ遅れた。それが致命的だった。

風属性魔法が付与された貫通力を上げた矢は、魔族の胸に突き立った。

「グ、ガ――ッ」

「おい、大丈夫か⁉」

膝から崩れる仲間を、もう一人の魔族が支え町の中へ運んでいった。

「医者を呼べえええ！」と、大声を上げると、一度後ろを忌々しげに振り返った。

魔族に『イタズラ』をする名手は、なかなかの腕をしているようだ。

「ほしい」

ひと言つぶやいて、馬に跨り射手の下へと駆けさせた。

敵が来たと思ったのか、フードを被った射手は背中を見せて逃げ出した。

「おい、待て！　俺は魔族ではない！」

大声を上げると、射手は足を止めた。

「おまえがほしい！　ルカンタの町は、戦力を求めている」

徐々に馬の足並みを落としていき、ヴァンは馬から下りた。

「先ほどの腕前、見事だった。……貴様がここ最近魔族を狙っている弓兵か？」

背をむけたままの射手はこくん、とうなずいた。

「俺とルカンタに来てほしい。力を貸してくれないか」

「できない」

透き通るような声であっさりと断った。

「何故だ」

「捜している人がいる。ずっと同じ場所にはとどまれない」

特徴的な声は女のもので、ヴァンが意外に思っていると、先ほどの技に見覚えがあったことを思い出した。

「風属性魔法はどこで覚えた」

「元々使える。エルフだから」

エルフ――。メイが言っていた知り合いのエルフだろうか。

それに。

「この声……聞き覚えが」

「え。この声……」

ゆっくりと、フードを被った射手がヴァンを振り返る。

「……まさか、チドリか？」

ヴァンは、過去ともに戦ったことのあるエルフの戦友の名を呼んだ。

目深に被ったフードを脱ぐと、綺麗な緑色の髪がこぼれる。

尖った耳が、横にぴんと伸びた。

「やはりチドリだったか。久しいな」

「ヴァン――」

瞳に涙を浮かべて、チドリと呼ばれたエルフはヴァンに抱きついた。

「長い間捜していた。貴方が眠っている場所を。ずっとずっと。この国を旅しながら。まさか、動いているなんて」

泣いているのか、ぐすぐす、とヴァンの胸の中で鼻を鳴らしている。

ルカンタの状況は、チドリも知るところだったようで、説明は不要だった。

「どうして魔族を狙っていたんだ？　あれをはじめたのは、最近だろう」

「バカにした。エルフという種族を。『魔族以下の魔法を使う、森の奥で暮らす陰気な種族』って」

「そいつは？」

「最初に矢でハリネズミにしてあげた」

さらりと恐ろしいことを言うチドリ。

「行く先々で魔族どもからそんな風に思われていた。最初は我慢していたけど、もう我慢できなくなった」

「危険なことをする」

「いざとなれば、ルカンタに逃げ込むつもりだった」

なるほど、とヴァンは苦笑する。

おーい、と声がすると、メイがこちらへ走ってきていた。

「ヴァァァァン！　エルフちゃんの情報なんだけどさ――」

息を切らしながら、重大情報を教えてくれる。

「ここらへんで、最近魔族を弓矢の的にしている人がいて、その人がそうなんじゃないか……って、あれ？」

メイは肩で息をしながら、チドリとヴァンを交互に見る。

「えぇぇ、もう見つかったのかよぉ……手がかりをつかんだ、って伝言は聞いたけど」

なんだよぅ、とメイが唇を尖らせた。

「メイ、久しぶり」

「ん。メイの言っていたエルフは、チドリのことだったのか」

「あ。そうそう。思い出した、チドリだよ、名前。チドリ。久しぶり」

こくん、とうなずくチドリ。

「おっちゃんが言ってたけど、チドリは誰か捜して旅してたって」

「そう。でももういい。チドリが捜していたのは、ヴァンだったから」

するっとチドリはヴァンの腕に腕を絡ませる。

「え、何それ。チドリはどうしてヴァンを捜してたの？」

「ヴァンに三次大戦のとき『この戦いが終わったら結婚しよう』と言った」

「それ絶対ダメなやつじゃん！　結婚できないやつじゃん！」

「ヴァン、問題ないって言った。けど、終戦後に行方がわからなくなって……」

メイがじろーとヴァンを見てくる。

確かにそんなことを言ったような気もするが、本気だと思わなかったし、本気にしたとも思わなかったのだ。

「なんだよ、それっ。旧知の仲とかそんなレベルじゃねーじゃん！　婚約者じゃん！　しかもこんな綺麗なエルフ！　姫さんに言いつけるからなっ！」

「情報を正確に伝達してほしい。婚約者ではない。激化する戦場の特殊な精神状態で交わした二〇〇年以上前の会話だ」

「どう紹介していいかわかんねーよっ。エルフで昔のヴァンを知ってるとかずりーよっ。なんだよそれー」

ぶうぶう、と文句を垂れるメイに、チドリが追い打ちをかけた。

「さっきも、熱烈だった」

「何さ」

「『おまえがほしい！』と言われた」

「はいはい！　それ、出会ったときウチも言われたから〜」

「むう」

「何さ」

「ヴァン、浮気者。チドリという婚約者がいながら」

「二〇〇年前の口約束だ。無効に決まってるだろ」

こうして、かつての大戦で戦友兼婚約者（？）だったエルフのチドリとヴァンは再会したのだった。

チドリと訓練

「それで、ヴァンの言っていた戦力になる方というのが、奇しくもメイさんのお知り合いだった、と……」

ちらり、とアウラは部屋の入口に立つチドリに目をやる。

ヴァンとメイは、チドリをルカンタに連れ帰ると、簡単にシルバたちに紹介をした。

シエラは診療所に行っていて、魔法の授業もあるので今日は帰りが遅いそうだ。

「当時、弓の射撃ではエルフ内でも一、二を争う凄腕だった。風属性魔法も使える」

ヴァンが付け加えると、こくん、とチドリはうなずいた。

メイがまたヴァンとチドリをじろーと見て、アウラに耳打ちをした。

「いーのかよ、姫さん」

「い、いいも何も、仕方ないじゃないですか」

「ヴァンのこと、ずうっと捜してたんだって」

「こ、恋人だったたんでしょうか……?」

「それ以上だよ。昔結婚の約束をしたとかなんとか言ってたんだぞ」

「えぇぇぇぇぇ……」

年少組女子のひそひそ話が聞こえていたシルバが、おほんと咳をした。

「チドリ殿。我々に力を貸してくれるということでいいのか？」

こくん、とまたチドリがうなずく。

「ありがとう。ヴァンから戦友だったと聞いている。町のことはヴァンから聞くといい。ただ、見慣れない分、町民たちが物珍しそうに見てしまうこともあるだろうが、それは許してやってほしい」

「慣れてる。大丈夫」

淡々とした抑揚のない物言いは、確かにヴァンの記憶にある通りのチドリだった。

不老長寿の種族だけあって、ずば抜けた美貌は当時のままだ。

「チドリ殿、何か困ったことがあったら言ってほしい。今日から、貴女は我々の仲間だ」

「うん」

シルバが改めて握手をすると、緊張した面持ちのアウラも握手をした。

「メイ。シエラが魔法教室を開いている。その中から、諜報員の適性がありそうな者を引き抜いてほしい」

これは、以前からヴァンがシルバと話し合っていたことだった。

メイ一人だけでは諜報活動に限界があるので、選んだ候補に諜報活動のイロハを教え、メイを隊長とする諜報部隊を作る——。

ヴァンは意図を簡単に伝えた。

「あ、あれ？　もしかしてウチってば、超大事にされてる？　重宝されてる？」

「前に言っただろ。貴重な才能だと。魔法教室にいるなら、町の役に立ちたいと思っている者だ。残念だが、魔法の才能がない者も出てくるだろう。それはシエラに訊きながら数名決めてほしい」

「わかった！　ウチ、頑張るね！」

ぱちり、とウィンクしたメイは機嫌よさそうに部屋から出ていった。

戦力の充実も大切だが、諜報員を増やすことも同じくらい大事だというのは、ヴァンとシルバの共通見解だった。

「またヴァンのそばに、一芸に秀でる人が増えてしまいました……」

ため息交じりにアウラが小さくつぶやいた。

それからヴァンは、アウラとともにチドリに町を案内した。

「人の表情が、他の町と全然違う」

「そうですか？」

「明るい。とても」

魔族を何度か撃退したことで、安心感が増したのもその一因だろう。

シルバに聞いたところによると、小さな反乱のようなものは終戦後相次いだが、魔族に勝つことはついになかったという。

前回のルカンタ防衛戦は、数年ぶりに人類が勝利した戦いだったのだ。

町を歩けば、チドリは注目の的だった。エルフだからというのもあるが、美形と名高いエルフの中でも上位の美貌を持っているせいだろう。

最後に、兵士が訓練を行っている町の外にある練兵場を案内した。

シルバや部下の騎士が何人かに分かれ、槍や弓の訓練をしている。

「チドリも久しぶりにやるか」

「やる」

ヴァンが提案すると、持っていた自前の弓を取りだし、弦を張る。

チドリが来た瞬間から兵士たちの目は謎の美少女エルフに釘付けで、訓練の手は止まったままだった。シルバが訓練用の矢を三本持ってきた。

「お手並み拝見といこう」

こくん、とうなずいたチドリは、的からどんどん離れていく。

ギャラリーの兵士たちがざわつきはじめた。

「おいおい、あんなところから当たるのかよ」

「オレたちがやってる距離の三倍はあるぞ」

「当たんねえだろ、さすがに」

チドリは特に狙いを定めるでもなく、簡単にピュ、と矢を放った。

山なりどころか、一直線に宙を走り、カンッと甲高い音を立て的のど真ん中を射貫いた。

「「「おおおお……」」」

二本目は山なりの放物線を描き、その間に一本目と同様の三本目を射る。

カン、と二本同時に的のど真ん中に矢が突き立った。

驚きを通り越して、兵士たちが言葉を失っている。シルバは笑うしかないらしく、大声で肩を揺らしていた。

「曲芸ではないか。たまげたな」

「チドリは、単なる弓兵ではない。拠点や砦防衛において最も活躍する、射程外の標的を射る指揮官殺しの弓兵だ」

魔族が展開した魔法障壁の破壊や、敵軍中段にいる中隊長、大隊長を射貫くことを最も得意としていた。

戻ってきたチドリは、相変わらず無表情だったが、満足そうに口元が少しゆるんでいた。

「腕は鈍っていないようで安心した」

「見くびらないで」

「どうやったら、あんなふうに射られるんですか？」

「風を読む」

「は、はい……？」

「空気中のマナを視て、風と会話する」

「は、はぁ……」

「アウラ、無理に理解しなくていい」

兵に弓を教えるにはむかないな、とシルバが笑った。

「俺に当てられるか？」

「当然」

「シルバ、ありったけの矢を用意してほしい」

「ん？　いいが、何をするんだ」

見ていればわかる、とヴァンは的のほうへ歩き、チドリが兵士が訓練する距離で弓を持った。

「えええ、ヴァン、危ないですよ！」

「エルフの名射手対ルカンタの英雄か。面白い」

「シルバ！　面白がらないでくださいっ」

アウラはそう言うが、兵士たちも興味津々だった。

「一発当たるかどうかなら、エルフ殿」

「いや。オレはヴァン殿が無傷に賭ける」

「あの腕なら一発くらい――」

と、どちらが勝つかで大盛り上がりだった。

「ヴァン。一発当てれば、チドリは貴方にキスをする」

「ん。構わん」

「二発目はセックスをする」

「ん。構わん」

「三発目は結婚する」

「ん。構わん」

「ぜ——全部ダメですうううううううっ」

アウラの叫び声なんて構わず、ヴァンは薄く笑った。

「当たるといいな?」

「むっ」

チドリの眉が動いた瞬間、本気の速射がはじまった。

風を切り裂き、四、五本ばらばらに飛来する矢をヴァンは抜刀と同時に斬り捨てる。

いつの間にか空にむけて撃っていた矢が雨のように降ってくる。

それをヴァンが視線で確認した瞬間を狙って、最速の矢をチドリは放つ。

ヴァンは、最速の矢を片手で掴む。降り注ぐ矢には目もくれず剣で一振りすると、規則正しく落下してきた矢は暴風に遭ったかのようにバラバラになって吹き飛ばされた。

見物の兵士たちが手を叩き、喝采を上げ、指笛を鳴らしているのが聞こえる。

剣を手放すと、その音は一層大きくなった。

それを見たチドリは、不快そうに眉間に皺を作った。

緩急織り交ぜた矢の乱射をヴァンはかわし、ときには掴み、一歩も動くことなく防御していく。

一〇〇本近く集めた訓練用の矢はすぐに底を突き、チドリが降参するように構えた弓を下ろした。

おおおお、と兵士たちから興奮の声が上がった。

「うぉおおおおい、マジかよ！　全部防いだ！」

「しかも途中、剣ポイッて放り投げて……マジかっけー」

「矢は半分くらい目で追えんかった……剣は、全部さっぱり見えんかった……」

「周りにたくさん矢の残骸が転がってるけど、見ろよ、ヴァンの手が届く範囲だけ何にもないぞ……」

「聖域ができとるぅううううう⁉」

「何人《なんぴと》もあそこには入れない……入ろうとすれば排除されるんだ」

「「「やっべぇ……超カッケー」」」

兵士たちの憧れの視線を独り占めするヴァンは剣を鞘に納めた。

「残念だったな」とチドリに声をかけた。

「全然残念じゃない。あと一〇本あったら、三本当たっていた。だから結婚して」

「しない。一万本あと追加されても当てることはできないからだ」

「ヴァン、剣を握ると性格悪い」

「敵対者からのその言葉は、むしろ賛辞だろう」

むう、と不満そうにまた眉を寄せたチドリ。

あたふたしながら事の成り行きを見守っていたアウラは、はぁぁぁぁ、と大きな安堵のため息をついた。

征伐軍

◆ビスケ◆

旧王国西部最大の都市、セロナにビスケはやってきていた。

身を寄せたのは、王国西部全域を任される都督という地位にいる上級魔族、ファブレガスの下だった。

「珍しい妖精族が来たと思えば、ビスケだったか。終戦後、田舎でスローライフを送ると本国を出ていき行方知れずとなっていた天才がオレに何用だ？」

腰に手をやって、ぷんぷんとビスケは怒ってみせる。

「何用じゃないわよう。ファブも耳にしているでしょー？　ルカンタの町の話」

「そのことか。何やら『反乱ごっこ』をしているそうだが」

「それが、ごっこ遊びに終わりそうにないのよー」

ファブレガスの執務室に、下級魔族が血相を変えて部屋に飛び込んできた。

「ファブレガス様ぁああ！　る、ルシージャスが――！　落とされました！」

「なに？」

下級魔族の報告は、ビスケが予想した通りのものだった。

たった一人の『ニンゲン』の手によってルシージャスが陥落。

その場にいた魔導上級査察官ランプを含む大半の魔族が倒されたそうだ。

「ほぅら、言わんこっちゃないー。ぽっと出のエリートじゃやっぱり無理だったんだよー」

ビスケは唇を尖らせる。

ルシージャスは、旧エスバル王国全体から見れば大きな町ではないが、西部全域に限れば、小さくはない町だった。

「これで、ルカンタとルシージャスが人間の町になったというわけか」

報告に来た下級魔族を下がらせたファブレガス都督は、ビスケを見やる。

「そういうことー。早いこと手を打たないと、大変なことになるよー？」

「何やら含みを持った言い方だな、ビスケ」

「そりゃそうだよっ。魔導兵器がいるんだよ!?　のんびりしていたら、西部全域を落とされるかも。勢いづけば……『反乱ごっこ』は旧エスバル王国全域に飛び火するかも」

「ふうん……魔導兵器か……。何だ、それは」

「魔族を倒すことに特化した大昔の兵器よ！　そいつらのせいで第三次大戦は魔族が敗れたんだから！　さっき聞いたでしょ!?　単騎でルシージャスを落とせるくらいの戦略兵器なんだからっ」

「フン。そんなモノは知らん」

「もぉー！　これだから最近の魔族はっ！　すんごいんだから！　第三次大戦のときは、あいつらに、ビスケちゃん何度も邪魔されて……悔しい思いしたんだから！」

「フフン、妖精族の天才を？」

「そうだよ。第三次のモンセラート平原での会戦……忘れもしないんだから。魔族軍二〇万対人間軍一三万。第一陣の二万が『第七子』のたった一人に食い止められて、崩されて、前線は大混乱……」

思い出したビスケは、ぶるっと体を震わせて自分を抱きしめる。

「その会戦の緒戦で敗れたのをきっかけに、連戦連敗……魔族は滅ぼされちゃったんだから」

「フフン。何故敗れたか、ビスケ、おまえに教えてやろう」

「何？」

「その戦場にオレがいなかったからだ」

「なーんにも知らないくせに何でかいこと言ってるのよぅ！　このゆとり魔族！　まずは敗戦の歴史を知りなさいっ。賢者は歴史に学ぶって言葉知らないの!?」

フー、フー、と鼻息荒くビスケが怒ると、ファブレガスは笑った。

「フッ……そんな言葉は知らん！」

「もぉー、バカ丸出し……ビスケちゃん、過去一〇〇年で今が一番がっかりした」

魔王城が陥落しすべてが破棄されたあとに生まれた魔族たちなので、知らないのも無理はなかった。

それに、第四次大戦で勝利後。

魔導書等を検《あらた》めていったのにもかかわらず、今のところ魔導兵器に関して記述された書物はなかった。

「第三次大戦後……魔導兵器は封印されてその存在も隠されたってことなのよねぇ……」

一人で複数の軍団に相当する兵器を所持していれば、争いの元になることは容易に想像がつくので、その判断は正しいとビスケは思った。

「……ということは、まだ別の魔導兵器がどこかに眠っている……？」

近接戦闘特化のヴァンは破棄されず、また起動している——彼が例外というわけではないだろう。

一人だけ残して他を廃棄しては、何かあったとき対抗手段がなくなってしまう。

そうなると、抑止力として他の魔導兵器も存在しているはず——。


「ファブ、ちょっと調べてほしいんだけどー？　いっかな？」

「フン。いいだろう。言ってみるがいい」

ああだ、こうだ、とビスケが説明したが、わかったのかよくわかってないのか、さっぱりわからなかったので、ファブレガス都督が呼び出した部下にビスケが直接指示を出した。

「っていうわけでぇ、どこかに魔導兵器……魔導人形《ナンバーズ》とも呼ばれる人型の超絶ヤバい古代兵器が眠ってるから、居場所を突き止めてほしいのー」

「ハッ。承知いたしました」

その他に、ビスケは魔導兵器の特徴をいくつか教え、出ていく部下を見送った。

「ところで。ビスケはまだ結婚しないのか？」

「田舎の両親みたいなこと聞かないでっ」

「ならば、オレと結婚しよう！」

「無理ー。もっさり田舎魔族なんて絶対に嫌。キャハ☆　超可愛いビスケちゃんは、別にしようと思えばいつだって結婚できるんだから」

「ならば、その悩みの種をこのオレが取り除いてやろう。そうすれば結婚しよう！」

「わ、強引……どうせ無理だと思うけど……。わかった。ほ――んのちょ――っとだけ考えてあげる。もしできたらね？」

よぉし、とファブレガス都督は意気込み、鐘を鳴らして従者の魔族を呼びつけた。

「人間討伐軍を編成する。中級、下級五〇〇、魔物一〇〇〇を招集せよ。指揮はペレイラ魔騎士に」

「はッ！」

たたたた、と従者の若い魔族は執務室から出ていった。

「その程度で大丈夫かしら……。軍師としてビスケちゃんも帯同してあげるー」

「何だかんだ言って、オレと結婚したいらしい。フフン」

「違うわよぅ！　この目できちんと敵の戦力を把握したいだけなんだからっ」

「……などと、ツンデレ発言をするビスケであった」

「変な言葉を付け加えないで！」

「まあいい。すぐにオレの嫁となるだろう。ルシージャス、ルカンタ、同時に侵攻する」

「バカバカ！　戦力を分散してどうするのよう！　落としやすいルカンタに全戦力を注ぐの！　ルカンタを落として見せしめにメチャクチャにすれば、あっちの士気はガタ落ちなんだから」

普通に考えれば、二つとはいえ人間の町を落とすのに十分な戦力だったが、ファブレガス都督は納得がいかないらしい。

「まあいい。ペレイラ魔騎士に知恵を貸してやってくれ」

「言われなくても。ビスケちゃんにとっても、第三次大戦の復讐なんだから」

こうして、ファブレガス都督の編成した討伐軍にビスケも相談役として同行することになった。

「城壁がしっかりしているルシージャス、平坦で攻めるに易く守るに難いルカンタ……。どちらにせよ、魔導兵器は確実に現れる。単騎でね」

行軍中、ファブレガス都督の部下であるペレイラ魔騎士に、あれこれと注意していくビスケ。

「ビスケちゃんさん、マジで心配しすぎっしょー？　つか、マドーヘーキって何スか？」

「あんたみたいなガキ魔族、一瞬で首と胴が離れるんだからね！　心しなさい！」

「もう、どっちの味方だよっていう！　ギャハハ。集めた魔族は中級、下級合わせ五〇〇。魔物は二〇〇〇。負ける気がしねえッスわｗｗｗ」

あー。これ、絶対ダメなやつじゃん……。

ペレイラの肩の上に座るビスケは、長年の勘でなんとなくそう思った。

ルカンタの町が見え、ペレイラが軍を展開させる。

「四方を囲め！　どうせ援軍もこねぇ、打って出てもこねぇ！」

「あ、あと、罠とかそういうのにも気をつけて！　敵を侮らないこと！　全軍に通達！」

「はッ」

四人の伝令魔族が散っていき、攻囲戦がはじまった。

ペレイラが手でひさしを作って前線を眺める。

「うはっ！　ビスケちゃんさんが言った通り。マジで罠だらけだし！　鬱陶しいー」

「もたもたしていると、落とす前に出てくるよー？」

エウベロアが敗れた原因のひとつはそれだろう。

腰を据えてじっくり攻める戦法は、確実でむしろ正解。だが、エウベロアは知らなかったのだ。

たった一人で戦況を覆す化け物の存在を。

「ど、どこから出てくるんだろう……？　ルカンタの町から？　それともルシージャスの町に……？」

キョロキョロ、と周囲を見渡していると、前線がざわつきはじめた。

頭の悪い魔物たちは平原に張り巡らされた罠にかかって絶賛混乱中。

だが、前進を援護するはずの魔族も混乱していた。

「あぁん？　どうしたってんだ？」

矢の嵐が降り注いでいるが、それは各々魔法を放ち防いでいる。魔法障壁の使える魔族は数人いて、降ってくる無数の矢を防いでいる。

人間と戦うとき、よく目にした光景だ。

伝令の魔族が一騎戻ってきた。

「ペレイラ様ッ！　中隊長アヴレイユ様――戦死です！」

「はぁぁぁぁ!?　あいつ何してんだ!?」

「なんで!?　矢は防いでるじゃん！　まだ魔導兵器は出てきてないのに――」

また一騎、別の伝令が駆けてきた。

「ペレイラ様、小隊長、ロデロ様、エグレーン様、戦死です！」

「最前線を指揮させてる奴らばっかじゃねぇか！　ざけんな！」

「強弓を引く敵が一人……おそらくエルフと思われます。そいつが、的確に……魔法障壁では防げない威力です！」

その昔、差別を受けて人間と袂を分かった種族だ。

ビスケは頭痛をこらえるようにこめかみを押さえた。

「もう、最悪……『風読み』の種族じゃない……」

「エルフだぁあ!?　なんで亜人種がニンゲンに協力してんだ！」

「そんなことはどうでもいーの！　盾を出して！　早く！　あなたたちが古臭いってバカにした盾を出してっ、指揮官級の魔族だけどんどん死んでいくよっ!?　前線の小隊は副隊長が指揮して！　それもダメなら近くの小隊の指揮下に入ってて！」

はッ、と複数の伝令が戻りビスケの指示を伝えていく。

すぐに魔族たちが、上半身を覆うほどの盾を出して構えた。

「あの距離で盾がありゃ、よ、余裕ッスよね？」

「うん――」

言った瞬間だった。

無骨な矢が戦場を斜めに走り、盾を貫き悲鳴が上がった。

「…………」

ペレイラが言葉を失った。

前線にいる将兵が怯えているのもわかった。

「こうなりゃ――」

だだっと、ペレイラが馬で駆け出した。後ろには護衛の五十騎がついてくる。

「ちょっと、どこ行く気!?」

「鬱陶しい弓兵どもをブチ殺すッ」

「もうバカーッ！　罠だらけだから簡単に近づけないんでしょー!?」

ペレイラを制止しようと両手で頬や耳を引っ張るビスケ。

だが、一向に耳を貸さない。

「ど、どうしよう。ビスケちゃんなら、戦場が混乱したこの瞬間を狙って切り札を切る――。痛撃を与えるどころか、一気に退却させられる一手……」

町の門が開いたのが見えた。

そこから、黒馬に乗った一騎が出てくる。

「や、やっぱりいいいいいいいいいいいいい!?　出たよ、あいつ！　エウベロア様を討ち取った魔導兵器！」

だが、単騎だと思っていたビスケの予想は外れた。

例の黒馬を先頭に、約三〇騎が後ろに続いた。

嫌な予感しかしない。

だが、罠のない道だけはわかった。それをペレイラに教え、その道を目指した。

「あいつッスか！　マジでバチバチにやってやんよぉおおお！　なあ、テメェら!!」

うぉぉぉぉ！　とペレイラが部下たちの士気をあげる。

「ダメダメ！　戦っちゃ絶対にダメなんだから！　逆に今なら町の壁際まで行けるから――」

結果的に、見向きもされなかった。

敵の三〇騎は、後方の魔族部隊約三〇〇に突撃。

あっさり部隊を割られ、さらに混乱におちいった。

「ふわああああ!?　あんな状態じゃあ、魔族といえどニンゲンにも勝てないよ!?」

狼と羊の例えをビスケは思い出した。

羊に率いられた百頭の狼より、狼に率いられた百頭の羊のほうが強いのだ。

実際その通りだった。

立ちむかった魔族を先頭の少年が瞬殺する。

それに怯えて道を開けた魔族たちは、後ろに続く人間たちの振るった槍に突かれ、倒れていった。

単騎で戦うよりも、ああしたほうが効率ははるかに高い。

最前線の魔物は、罠にかかり町に近づけないでいる。

ようやく隊長殺しが終わったと思いきや、今度は魔導兵器が率いる騎兵の突撃。

みるみるうちに逃亡兵が増えていった。

魔族軍の完全敗北だった。

「もぉおおおおおおおおおおおお、退却、退却ぅううう！」

征伐軍その2

◆ビスケ◆

味方の状況を見たペレイラがチ、と舌打ちした。

「あんんんんの、クソがぁあああああああああ!!」

「落ち着きなさいよ！　もう、ここまで。ここまでよ！　退却、退却！　ビスケちゃんの言うことを聞きなさーいっ！」

口惜しげにペレイラが部下に全軍退却の鐘を打たせた。

ペレイラと護衛の五〇騎だけは真っ先に戦場を離れていく。

「退却戦かぁ……やだなぁ……」

痛撃を与えられて一気に退却……。

これではますます敵が勢いづいてしまう。

「ペレイラ様！　後ろから黒馬が先頭の一団が追ってきています！」

「あぁーん、もう、逃げて逃げて！」

来る途中に通り過ぎた森に飛び込むようにビスケは指示した。

「ビスケちゃんさん、こんな森に入ってどうする気ッスか」

「伏兵作戦。追いかけてきたところを一気に狙い撃ちするの！　隙をつけば一撃くらい喰らわせられるはず！」

それに、人間のほうは魔法攻撃に弱い。

急いで馬を隠し、魔族全員——といってもペレイラと護衛の五十騎しかいないが——魔法攻撃の準備に入る。

ダダッ、ダダッ、と馬蹄が響く。

狭い視界の中で、先頭の敵が見えた。

ビスケはペレイラの耳を引っ張って合図を出す。

「今！」

「撃てェ!!」

それぞれが魔法名を口にして、攻撃魔法を放つ。

ドドドドドドド、と凄まじい轟音と砂煙をあげ攻撃魔法が着弾していく。

「……は、ハッハッハッハ。何がマドーへーキッスか！　マジちょろいんスけど!!」

「何余裕ぶっこいてんのよ。膝が大爆笑してるわよ？」

「ビ、ビ、ビスケちゃんさんこそ、半泣きになってるッスよ」

「う、うるさい……、ちょ、ちょっと怖かっただけだから……」

歓声を仲間たちが上げて、隠していた馬に乗ろうとしたときだった。

「……俺を奇襲したいのなら、まず、殺気を消すことをすすめる」

ギギギギギ、と首を軋ませながらペレイラとビスケが振り返る。

砂煙が晴れたそこには、何事もなかったかのように堂々としている一騎がいた。

背後に従っていたはずの騎兵たちは一切いない。

「殺気を放つ森にわざわざ仲間を連れてくるほど、俺は馬鹿ではない」

それに、と魔導兵器の少年は言う。

「魔法程度で俺が殺《や》れると思うな」

「「ギャァアアアアアアアアアアアアアア!?」」

「あと、魔法を撃つ準備をしているのもバレバレだ。隠れた意味もない。それがわからなくても魔法名が聞こえた瞬間にこっちも悟る」

「て、敵にダメ出しされてるっ！　ビスケちゃん、超屈辱……！」
フ、とその場から少年の姿だけが消えた。
？　とビスケが目を疑っていると、森の中から悲鳴が上がりはじめた。

味方の悲鳴だった。

「は、早く、逃げるの！　ペレイラ！　ここにいちゃ、皆殺しにされるだけだよ！」

「う、ウス！」

グギャ、ヒブア、と悲鳴が上がり続けた。

こうしている間に、見えない場所でどんどん味方が死んでいっている。

ただただ、恐怖でしかなかった。

カクカク、と膝が笑う。

カチカチ、と奥歯が鳴る。

ようやく馬に乗り、走りにくい森の中を駆ける。

「び、ビスケちゃんさん、あいつ、何なんスか!? もう、オレ……」

ふぐう、と怖すぎてペレイラが半泣きになっている。

「強い……強すぎるッス……敵わないッスよぅ……」

生きた心地などしないのは、ビスケも同じだった。

「だからぁ。あなたたち魔族が復興する前の魔族を滅ぼした兵器だよっ！ 第三次大戦の英雄！」

「そんなの、敵うわけないじゃないッスかぁぁぁ……」

「何回も言ったじゃんっ！ 出てくるまでにケリつけるって！」

ドドッ、ドドッ、とこちらよりも速い馬の足音が聞こえた。

「「――――っ！」」

二人は振り返らなかった。

「早く、早く、早く、もっと早くぅ」

「や、やってるッスよぉ……」

じょじょじょじょじょぉぉ……。

あまりの恐怖についにビスケが失禁した。

「出ちゃ、出ちゃダメなのにぃぃぃ……あうあうぅぅ。漏れちゃったよぅぅぅぅぅ……」

えぐ、ひぐ、とついでに涙もこぼした。

「だ、大丈夫ッス、ビスケちゃんさん。オレは、もっと前から漏らしてるッスから」

「そ、そうなんだ、よかった……」

よくわからない連帯感だった。

冷たい声が真後ろから聞こえる。

「貴様が指揮官か」

恐怖のあまりビスケが白目を剝いて気絶した。

ひゅーん、とペレイラの肩から落ちて森の中に転がった。

「ぐ。——かくなる上は！　死ぃねぇぇぇやぁあああああ！」

「うるさい」

ザシュンッ。

ペレイラの雄叫びも、斬殺される物音も、ビスケに聞こえることはなかった。

◆ヴァン◆

指揮官らしき魔族を討ち取り、魔族の死体だらけの森を戻る。

森の入り口には待機させていた部下がいた。

「指揮官を討った。帰ろう。俺たちの町に」

「「「おぉぉぉぉぉ————ッ！」」」

槍を掲げて歓声をあげる。

馬術と槍の上手い者を集めた急造の槍騎兵だったが、思った以上の成果をあげた。

軽傷を負った者はいたが、欠けた者はいなかった。

「ヴァンさん、軍旗がほしいですね」

「ああ、そりゃいい！　士気もグンと上がりますよ、ヴァンさん」

「ヴァンさんはお疲れなんだ。話しかけんじゃねえよ！」

周囲にいた部下たちがヴァンに並んだ。

「軍旗か……好きにしろ」

苦笑しながら言ってやると、また喝采が上がった。

「軍神の騎兵隊……なんか語呂が悪ぃな」

「ヴァンさんとお供」

「ハハハ、おまえそれ、部隊の名前じゃねえだろ」

「シンプルに黒騎兵団ってのは？」

言われてみれば、軍馬として集めた馬たちは黒馬が多かった。

「ヴァンさんも髪が黒いし、ぴったりだ」

「それでいい」

投げやりにヴァンが言うと、「決まりだ！」と嬉しそうに部下が声をあげた。

一人で戦うのもいいが、こうして仲間を率いて最前線で戦うのも悪くはない。

絵心のあるものが、白地の布に黒い狼を墨で描く。

それを槍の柄に取りつけ掲げた。

町の近くまで戻ると、一帯での戦闘は終了しており事後処理に移っていた。

勝利を決定づける攻撃をしたヴァンたち――黒騎兵団の帰還を見た兵士や町民が大歓声で町に迎えてくれた。

「オレたち……英雄みたいだな」

「間違いなく英雄だ」

ヴァンが言って、剣を抜いて天に掲げる。部下たちがそれに続き、槍を突き上げた。

歓声はいっそう大きくなった。

剣聖が率いる黒騎兵団の初陣は、これ以上ない勝利で終わった。

第二次乙女協定

「ヴァン。今日、チドリとルシージャスに、家を見にいこう」

朝食を食べていると、チドリがルシージャスの方角を指差した。

無表情のまま淡々と告げて、手元のパンをぱくぱくと食べていく。

アウラとシエラ、メイの三人が、ぴくりと反応し、食事の手を止めた。

「あのう、チドリさん。家を見にいくというのは、何なのでしょう……？」

「ヴァンと、チドリの新居」

何かを察知したシルバが、朝食を口に詰め込んで早々に部屋から出ていった。

「この家に、ヴァンが住んでいること自体変」

「俺は別に違和感はないが」

「変」

何か言おうとするとチドリに遮られた。

「新居って何よ？　チドリとヴァンの二人で住むって、どういうこと？」

「ヴァンと結婚の約束をしたから当然」

臆面もなくチドリがシエラに告げる。

シエラから視線をむけられ、弁明することにした。

「大昔の口約束だ。本気で言ったわけではない」「約束は約束」

つーかさー、とメイが入ってくる。

「旧知の仲かなんか知んないけど、ウチはヴァンのモノなんだから、ついてくよ？　姫さんも」

「えっ、えっ、わたしですか？　それはええっと……ど、どうなんでしょう……」

ちょんちょん、と指先同士をぶつけながら、もにょもにょと口ごもった。

「もう」とメイがアウラをつついた。

「二人きりになれば、子供できるよ、子供」

「？　子供ですか？」

「そうよね……男女がひとつ屋根の下にいれば、できるだろうし……」

チドリが深くうなずいた。

「チドリとヴァンの子供なら、素晴らしい戦士になる」

「ん。それは間違いない。一五年後は戦力になるだろう」

「子供を戦力としてあてにしてんじゃねえよっ」

メイが真剣なのかふざけているのかわからない二人に突っ込む。

はい、とアウラが挙手した。

「子供は、幸運に恵まれないと生まれませんよ？　今だって、そうです。だからわたしたちに子供ができないんですよ?」

「「え。それマジで言ってるの?」」

きょとん、としているアウラにメイとシエラが眉をひそめた。

「え? え?」

「そりゃそうだけどさ、エロいことするからできるんだよ」

「ちょっと、姫様、おいで」

シエラが立ち上がってアウラの手を引いて部屋から出ていく。

すぐに、驚き混じりの悲鳴が聞こえた。

「チドリは、ヴァンと住む。これは決定」

「決定したって、ウチもついて行くかんね」

「メイも、ヴァンの子供がほしい?」

「ほ……」

かぁぁぁぁ、と顔を赤くしてメイはうつむいた。

「ほ、ほしいとか、そういう話じゃなくって……そういうのは、ヴァンが決めることだし……」

ぼそぼそ、と小声になると、ヴァンがメイの肩を叩いた。

「生物として正常だということだ。恥ずかしがるな」

がたん、と椅子から立ち上がったメイが走って部屋から出ていった。

「恥ずかしいよ、バカぁあああああ! 生物として正常って、どんなフォローだよぉおおお」

入れ違いに入ってきたシエラがメイを振り返って、「何したの？」と二人に訊いた。

「生物としての本能を説いた」

「なんてもんを説いてんのよ」

「で、アウラは？」

「姫様は……連綿と続く人間のリアルな営みを知ってノックアウト。まったく、お子様よね、二人とも」

ちらっとシエラが目をチドリにやると、面白くなさそうにチドリが目をそらした。

「せっかく二人になったのに」

「残念でしたー」

「俺は、家などどこでも構わないが」

「逆を言えば、新居でも構わないということ」

「そういうことになるわよね」

右をチドリ、左をシエラに固められたヴァンは、ルシージャスへ連れていかれた。

「シエラも、ヴァンの子供がほしい？」

「どうかしらー？　けど、別に一緒に住んでもいいんでしょ？」

はぐらかしながらシエラがヴァンに尋ねる。

「ん。構わない」

「じゃ、別にいいじゃないそんなこと」

「む。手強い」

「ふっふーん」

市長宅に行き、空き家をもらってもいいか話をすると、

「ヴァン殿でしたら、どこを選んでいただいても構いませんよ」

そんなふうに言ってもらい、空き家になっている地域を教えてもらった。

さ、さささ、とついてくる気配をヴァンは感じながら、空き家を見て回る。

「ところで、チドリは家事はできるの？」

「できない」

「あの家にいたときは、姫様がずうっとやってたものねー？」

「できなくても、ヴァンは優しいから許してくれる」

「でも、伴侶はそういうことができたほうがいいでしょー？」

「できるのならな」

「む」

おほん、おほん、とわざとらしい咳払いが聞こえて振り返ると、アウラとメイがいた。

「奇遇じゃーん、こんなところで」

「ヴァン。奇遇じゃない。ついてきていた」

と、チドリが告げ口をする。

「ああ、知っている」

あのー、とアウラが小さく挙手をした。

「美味しいご飯、作れます！　お洗濯もお掃除も！」

「ん。アウラは有用だ。それに、護衛対象でもある」

「じゃ、じゃあ……？」

「一緒に住めばいい」

「やった！」

「姫様大勝利ね」

シエラがくすっと笑うと、今度はメイが元気よく挙手した。

「はいはいはい！　ええっと……。ど、奴隷一人必要だと思うんだ！　ウチならぴったり☆」

「メイちゃん、そんなに自分を安売りしなくっても……」

「ちょ、ねーさん、可哀想なモノを見る目でウチを見ないでっ」

メイの必死さにシエラは、くすんと目元の涙をすくった。

「悪いが、奴隷は要らないが……」

「うぅ……。て、てかさ！　シルバのオッサンちの何が不満なのさ！　いーじゃん、あそこで！」

メイの吹っかけた「そもそも論」に、チドリがぎゅっとヴァンの腕を抱いた。

「きっとみんな困る。チドリたちはいいけれど」

「……そうなるわよね……そのための新居って面もあるだろうし……」

「な、なんだよ、ねーさんとチドリだけわかったような顔をして……」

「あの壁なら、夜、営みの音が聞こえてしまう」

ぱっと年少組女子の顔色が赤くなった。

「こ、このエロエルフ！」

「い、営み……」

ぷしゅん、とアウラは許容量を超えて、へなへな、と座り込んでしまった。

「プライベートだものねぇ……」

「ど、どうせねーさんは、診療所でお医者さんごっこするつもりなんだろ!?」

「しないわよっ」

「わ、わたしの育った家で……え、えっちな営みが……」

よしよし、とシエラが目をグルグルに回しているアウラを介抱する。

「第二次乙女協定を結ぶのはどうかしら？」

「さ、賛成！　らちが明かねえ……」

ノックアウト状態のアウラはまだ目を回している。

「何、それ」

ちょいちょい、とシエラがメイとチドリを集合させて、ごにょごにょ、と何かを話し合う。

いつの間にか、ヴァンは蚊帳の外に置かれてしまった。

四人が肩を組み合って、円陣になった。

ぼそぼそ、とシエラが話し終えると、チドリがふるふる、と首を振った。

「おかしい。チドリは結婚相手。我慢自体変」

「それ言ったら、ウチだってヴァンのモノなんだから、チドリが割って入ることも変だぞ？」

「……わ、わたしは、ヴァンが守ってあげる、と言ってくれたので……え、えへへ……そばにいたほうがいいかなって……思っています」

「あ、あたしは、ほら、必要じゃない？　大人の女って。癒しとか優しさとかおこちゃまにないものがあるんだから」

　野生動物が何かの儀式を行っているように、四人はゴスゴスと頭をぶつけ合いはじめた。

「てか姫さん、守ってあげるとか言われたわけ？　ずっりー」

「ずるくないです。ヴァンの本心なんですから」

「ヴァンは、チドリが守る」

「守られるほど弱くないじゃない。ま、ヴァンはあたしが癒すからそのへんは心配しないで」

ごにょごにょ、と四人が話すと、最後には全員が手を重ね「よし」と声を合わせた。

カランカラン、と昼を知らせる鐘が鳴らされた。

「昼飯は食べないのか？」

ヴァンは食べても食べなくてもどちらでもよかったが、それを聞いた四人は一斉に円陣を解いた。

「ウチ、いい店知ってんだ。あっち！　いこうぜ」

「あ。シルバのお昼、作り損ねてしまいました」

「たまにはいいんじゃない？　一人で外食してもらえば」

「それもそうですね」

結局、新居問題は第二次乙女協定の締結により流れることになったのだった。

書き下ろし　剣聖と必要性

「おい、アウラ」

「……はい？　何でしょう？」

それは、ヴァンがアウラと町を歩いているときのことだった。

アウラの顔が赤いことにヴァンは気づいた。

ときどき赤くなることはあるが、今日のようにずっと赤いということは珍しい。

「顔が赤いが、具合が悪いんじゃないか」

「そんなこと、ありませんよ」

にこり、と笑ってみせたが、どうにも普段よりぎこちない。

「……失礼する」

アウラの前髪の下に手を入れ、おでこに触れる。

「ひゃ」

「変な声を出すな」

通常の人間の体温より少し高い気がする。

「熱がある」

「あ、ありませんから、大丈夫です。このまま巡回を続けましょう」

いつも目にするアウラより空元気なのは明白だった。

『明後日！　明後日、絶対ですからね！　二人で！』

と、アウラはルカンタの町を二人で巡回するのが、ずいぶんと楽しみだったようだが。

ヴァンは小さく息をついた。

「姫様の具合の悪い姿を町民に見せるわけにはいかない。みなが不安がる」

「心配しないでください。ちょっとだけぼんやりするくらいなので」

「そういうことを言われると、余計に心配する」

「あ。ごめんなさい……」

言い出すと聞かないタチだというのは、ヴァンは身をもって知っている。

ここで押し問答をしていても仕方がないので、強引に連れて帰ることにした。

「帰るぞ」

「や。い、いやです！　せ、せっかく、ヴァンが一日空けてくれたのに――」

予想通り嫌がったアウラをヴァンはさっと抱きかかえた。

「きゃ」

「連れて帰る。いいな」

「は……はい……。でも、この恰好は恥ずかしいです……」

「姫なのだからお姫様抱っこしても何ら問題はないと思うが」

「いや、あの、そういう理屈なんですか……？」

熱が上がったらしいアウラが、しゅぅぅ、と頭から湯気を出していた。

「ほらみろ。悪化している」

「だ、誰のせいですか……」

あたりを見回して、誰も往来にいないことを確認したアウラは、ぎゅっとヴァンにくっついた。

「でも、わたし、その……重くないですか？」

「ん。健康的な重量がある」

「いいんですか、それ……？」

「ずっしりしているということだ」

「降ります！　降ろしてくださいー！」

「暴れるな。戦中に適正な体重があるということは、兵站が十分に機能しているということだ」

「は、はあ……？」

きょとんとしたアウラだったが、「もういいです」と拗ねたような口調で、ヴァンに運ばれるがままに任せた。

家に帰ると、アウラをお姫様抱っこのままベッドまで運んで寝かせる。

シルバは兵士の訓練でいないし、他の面々も自分の仕事でいなかった。

アウラが辛そうに咳をした。

「けほ。けほっ」

巡回は途中でやめて正解だったようだ。

「診療所にいって薬をもらってくる」

「待ってください……」

アウラに袖を摑まれた。何用かとヴァンがじっと見つめると、するするとアウラが毛布に潜って顔を隠す。

「そばにいてください……」

薬をもらって飲んだほうが治りも早いだろうに、と思いながら、ヴァンはベッド脇の椅子に座った。

「風邪だと思うんです。あ、でもヴァンにうつってしまうかもしれません」

「問題ない。人間の風邪という病は俺たちには伝染しない」

「ならよかったです」

思えば、自分は過去いくつも修羅場を潜り抜けた兵器。だが、アウラは戦いに身を置いたことのない一七の少女だ。おまけに亡国の姫という肩書を背負って、彼女なりの戦いを日々続けている。

心的疲労は大いにあっただろう。

「今日は休め。ほしいものがあれば、持ってくるが」

「ありがとうございます。じゃあ、あの……手、握ってください」

「？　それで楽になるのか」

首をかしげながら、まだ袖を摑んでいた手をほどいて握った。

水は？　食べ物は？　と訊くとアウラは首を振った。

「目をつむっていろ。そうすれば眠れるはずだ」

「眠くなるように、何か……お話をしてください」

何か話せ、と言われても話せるほど物語は知らない。

「なんでもいいんです」

「わかった。早く眠れるように、つまらない話をしよう」

はい、とアウラは言って目をつむった。

「とある王国に魔法の天才がいた。戦時中、彼は国家存亡の危機に際し、仕えた王家のためにいくつかの兵器を作った。それらは、各前線で大戦果を挙げ戦争を勝利へ導いた。手ずから仕上げたそれら兵器を我が子のように愛していた彼は、大いに喜んだ」

「……」

眠ったのかと思ったが、まだ聞いているような気がして、先を続けた。

「だが、彼とその子らの別れは早かった。終戦後、人の手に余る力を宿した兵器たちは、運用を禁じられ長い眠りにつくことになった。別れ際、彼は泣いていた……ように思う。兵器たちは……少なくとも末弟は、彼を父と慕っていたし、彼が忠誠を誓った祖国に忠義を尽くす気でいる」

アウラが、両手でヴァンの手を握った。

「大丈夫ですよ、ヴァン。わたしたちには……わたしには、あなたが必要です」

ベッドの中からアウラにじっと見つめられ、思わず目をそらしてしまった。

「つまらない話だったな」

「そんなことありません」

「もういいだろう。眠ってくれ」

「はい」

しばらくして、アウラの寝息が聞こえてきた。

仕事の終わったメイが帰ってくると、診療所に薬をもらってくるようにヴァンは頼み、それを飲んだアウラの体調は、二日後には全快していた。

「ヴァン、今度は三日後です、三日後！　絶対ですよ？」

「わかった。留意しておこう」

「はい！」

元気になったアウラがからりと笑う。

なるほど、とヴァンは思う。

自分たち兵器には、必要としてくれる人が必要らしい。

あとがき

無感情系のクールな主人公が僕は好きで、仕事に徹する冷徹なプロっていうキャラクターが割と自分の願望というか、そういうキャラクターがなりたい自分のような気がしています。

そんな作者の願望を叶えて作中で大活躍してくれているのが、本作の主人公、ヴァンだったりします。

この手のキャラクターは合理主義で、綺麗事は言わない現実主義者。

でもほんの少し垣間見せる人間らしさがあったりして、その人間くささとのギャップが僕は好きだったりします。

ここに共感してくれる方がいらっしゃると嬉しいです。

淡々とやるべきことをこなす――ここを突き詰めていった結果、ヴァンの設定が兵器になったのでは、と思っています。僕自身はもう覚えてないですが、そんな気がします。

本作とはテイストは大きく変わりますが、一月にGA文庫様からも新作が刊行されます。

「高2にタイムリープした俺が、当時好きだった先生に告った結果」

アラサー男子が高校時代に戻って、好きだった先生と付き合いイチャつく日常ラブコメ作品です。

こちらも面白いのでぜひご一読ください。


さて。本作品は同タイトルで「小説家になろう」で連載している作品なのですが、書籍刊行にあたり、様々な方のお世話になりました。

まず、担当編集者様。本作品を数ある作品の中から見つけてくださりありがとうございました。書籍化のお話をいただいたときは本当に嬉しかったです。また的確な改稿指示等も書籍版のクオリティを上げる一助になりました。今後ともよろしくお願いいたします。

イラストを担当してくださった東西様。カッコいいヴァンや可愛いアウラ、その他ヒロインを描いていただきありがとうございました。イラストの確認が毎回すごく楽しみでした。

そのほか、デザイン装丁担当者様や営業様、販売に携わってくださった書店員様。本作品を世に出すまでに携わってくださった皆様、ありがとうございました。


最後に。

本作品を読んで下さった読者様。

数ある作品の中から拙作を読んでくださり、本当にありがとうございました。

ケンノジ

発売
おめでとうございま

EARTH STAR NOVEL

世界最強の兵器200年後に目覚める
—物理無双で二度目の大英雄—

発行 —————— 2018年1月16日　初版第1刷発行

著者 —————— ケンノジ

イラストレーター —————— 東西

装丁デザイン —————— 関 善之＋村田慧太朗（VOLARE inc.）

発行者 —————— 幕内和博

編集 —————— 筒井さやか

発行所 —————— 株式会社 アース・スター エンターテイメント
〒107-0052　東京都港区赤坂2-14-5
Daiwa赤坂ビル5F
TEL：03-5561-7630
FAX：03-5561-7632
http://www.es-novel.jp/

発売所 —————— 株式会社 泰文堂
〒108-0075　東京都港区港南2-16-8
ストーリア品川
TEL：03-6712-0333

印刷・製本 —————— 中央精版印刷株式会社

ISBN 978-4-8030-1152-4